悪魔な兄が過保護で
す
香月 航
Wataru Kaduki Presents
fairy kiss

この作品はフィクションです。
実際の人物・団体・事件などに一切関係ありません。

悪魔な兄が過保護で困ってます

1章　過保護な兄とすごす日々

豪奢（ごうしゃ）なシャンデリアが、夜の暗さを忘れてしまうほどに眩（まばゆ）く輝く。

管弦楽の調べに合わせて舞い踊る少女たちは、まるで色鮮やかな蝶のように可憐（かれん）だ。

どこまでも華やかに、どこまでも優雅に。この『夜会』という場所は、何度来ても昼とは別世界だとユフィは感嘆の息をこぼす。

社交界が美しいだけの世界ではないと知っていても、この光景にはつい心が躍ってしまうというものだ。

「私の隣に格好いい男の人がいてくれたら、もっと素敵なのになあ……」

煌（きら）びやかな光景に、つい先日読んだ恋愛小説のシーンが重なる。

物語はしょせん物語だと皆には言われるが、少しぐらいは夢を見させてくれてもいいだろう。

現実だって、こんなにも美しいのだから。

「何言ってるんだ。世界の女性が夢見る理想の集大成みたいな男がいるくせに」

会場まで一緒に並んできた幼馴染（おさななじ）みのイアンが、呆（あき）れたように肩をすくめて見せる。

確かに、『顔のいい男性』に心当たりがないこともないのだが、ユフィが好む恋愛小説のようなときめきとは到底縁のない相手だ。

無言で苦笑を返せば、イアンは何かを察したように隣の女性に目配せをした。

「それじゃあユフィ、オレたちは挨拶に行ってくる。お前も頑張れよ」

「ええ、ありがとうイアン。あなたたちも良い夜を」

イアンと、同伴者の女性……彼の婚約者のベリンダが仲良く腕を組んで去っていくのを、若干の羨ましい気持ちと共に見送る。

自分もああして、素敵な殿方と手を組んで歩けたなら……なんて妄想は、年々大きくなっていくばかりだ。

「……さて、と」

気をとり直して、ユフィは軽く身だしなみを確認する。

ユーフェミア・セルウィン。

セルウィン伯爵家の長女であり、今年社交界デビューを済ませたばかりの〝まだ婚約者が決まっていない〟十六歳の娘。それが、夜会におけるユフィの肩書きだ。

セルウィン伯爵家はそれほど力のある家ではないが、実直で真面目なところが王家にも気に入られており、歴史もそれなりに長い。

加えて、ユフィは母親譲りの珍しいピンクブロンドの髪と、凪いだ湖畔のような碧色の瞳を持ち、容姿もそれなりに可愛いと自負している。少なくとも、避けられるほど醜い顔立ちはしていないはずだ。

言ってしまえば、夜会における目玉商品である。独り身の男たちが、真っ先に声をかけてもおかしくはない。

「さあ、今夜こそ素敵な殿方を探すわよ！」

決意を胸に、いざ戦場へ——と一歩足を踏み出したその瞬間。

「ここにいたのかユフィ。一人で行ったら駄目だろう？」

——背後から絡んだたくましい腕が、ユフィの体をがっちりと抱き締めて止めた。

耳に落ちる囁きは、背筋を震わせるような艶っぽいバリトンだ。

「……っ、な⁉」

「パートナーを置いていくなんて、そんなに今夜が楽しみだったのか？」

「い、いちいち囁かないで！　兄さん‼」

ユフィが勢いをつけて腕をほどけば、それを利用してくるりと後ろを振り向かされる。

視界に飛び込むのは、この世のものとは思えないほど整った容姿の男性だ。

この辺りではほとんど見ない褐色の肌に加えて、首筋に少しだけかかる黒髪が異国風でありながらひどく艶を感じさせる。

顔立ちは彫刻のような完璧な配置がされており、宝石めいた紫色の瞳が、ユフィを映して嬉しそうに細められた。

彼の名はネイト・セルウィン。外見の通りユフィとは血が繋がっていないのだが、色々と事情があって『兄』と呼ぶ立場の者であり、イアンが女性が夢見る理想の集大成と称した男だ。

ついでに、今夜のユフィのパートナーでもあるのだが。

「ユフィが迷子になったら大変だからな。もう俺の手を離したら駄目だぞ？　ああ、そこは段差があるから気をつけて。なんなら、俺が抱いて歩いたほうがいいか？　ユフィの足はとても華奢（きゃしゃ）だから、もし捻（ひね）ったりでもしたら……」

「兄さんがそういう態度をとるから、私のお相手が見つからないのよ‼」

——この兄、恐ろしいほどに過保護なのである。

いつでもどこでも『あれが危ない、これがいけない』とユフィの世話を焼きまくるので、独り身の男性どころか、同じ女性までユフィと距離をとりたがる始末。無論、その過保護は夜会という場においても変わらない。

そう、この男こそがユフィの婚約者が決まらない最大の理由であり、どうにかして排除しなければいけない障害なのだ。

「俺は可愛い妹の心配をしているだけだぞ？」

「そんな心配いりません！」

十人いたら十人全員が見惚（みと）れそうな美しい笑みを向けられても、ユフィの心は荒（すさ）むばかりだ。

「本当に、なんでこんなことになったのかしら……」

遠い彼方（かなた）へ視線を向けて、肺の中の空気を全部吐き出す。

彼と出会ったのは、十年前の夏の日のこと。……全ては、あの運命の日から始まった。

＊＊＊

今のユフィは社交のために王都のタウンハウスに住んでいるが、幼い頃はセルウィン伯爵領の本邸で、家族皆で暮らしていた。

病気一つしない健康な子どもだったが、代わりに少々困った体質のようなものがあった。

それは、急に『嫌な感じ』がして泣き出してしまうという不思議なものだ。

問われても〝とにかく嫌な感じ〟としか言いようがなく、それが『何』という明確な答えは、今もなお出ていない。

近いもので言うなら霊感や第六感と呼ばれるものだと思うが、当時も幽霊などを見た記憶はないし、見たいとも思っていないので少し違うのだろう。

きっと、幼い子どもにありがちな情緒的な何かだったと、今では結論づけている。

幸運だったのは、両親がそれを否定しないで受け入れてくれたことだ。

ユフィが突然泣き出したり、外出を嫌がったりするせいで、催事への参加をとりやめることも多々あったにもかかわらず、両親は『ユフィが嫌なら仕方ない』と責めることなく慰めてくれた。

……ただ不思議なことに、ユフィが嫌な感じを覚えた目的地では、決まって本当によくないことが起こっていたらしい。

前触れもなく橋が壊れたり、天井の明かりが落ちて怪我人が出たり。

きっと両親がユフィを怒らないでくれたのも、そういう事実を鑑みたからだろう。もしかしたら、予知のような不思議な力を期待していたのかもしれない。

とにかく、多少おかしな体質はあったものの、ユフィは穏やかに平和に暮らしていた。

——それが壊れたのが、あの夏の日の出来事だ。


ユフィが六歳の誕生日を迎えてしばらく経った頃。その日は、家族三人でそろって領内視察に出かけていた。

確か、視察前の予定のほとんどをユフィのせいで中止にしてしまっており、やっと例の体質が出ず同行できたこの日が、とても嬉しかったのを覚えている。

喜びのあまり、本当に小さな子のように、両親にぴったりとくっついていたものだ。

さて、このセルウィン伯爵領は決して都会ではないが、果樹栽培を主産業としている、穏やかで美しい領地である。

また、領民は善政を敷く父伯爵を慕っているので、一人娘のユフィのこともとても可愛がってくれていた。

温かな領民たちに迎えられた視察は、なんの問題もなく順調に進んでいた……はずだった。

両親が娘から目を離したのは数分か、もしかしたら一分に満たないほどのわずかな時間だったかもしれない。

たったそれだけの隙をついて——あの日、ユフィは誘拐されたのだ。

残念ながら、自分の身に危険が及ぶ時に限って、あの体質は出なかったらしい。

抵抗する間もなく口を塞がれ、力ずくで連れてこられたのは、ぼんやりとした蠟燭だけが照らす暗くてカビ臭い地下室のような場所だった。もちろん、見覚えがあるはずもない。

ただ、ユフィは幼いながらに、伯爵令嬢の立場はよく教え込まれていた。

ユフィの扱いは、犯人の目的によって変わってくるということも、何度も聞かされたことだ。

（お金目当てかしら……それとも、お父様への嫌がらせ？）

細い体を必死で抱き締めながら、犯人の様子を窺い見る。本当は怖くて、泣きたくてたまらないが、大声で騒いだりしたら余計にひどいことをされるだろう。

だから悲鳴を上げないように唇を噛んで、犯人の様子をじっと見続ける。

誘拐犯は男で、全身を真っ黒なローブで覆っていた。かろうじて口元だけが見えるが、ずっとニヤニヤと薄笑いを浮かべたままだ。

「ああ、今日はなんと良き日なのだ。このような上質な贄が手に入るとは！」

（にえ？）

恍惚とした様子で声を張り上げた男は、ユフィを床に放ると、踊るような足取りで奥へと進んでいく。攫ってきたのに縛りもしないなんて、ずいぶん杜撰な誘拐犯だ。

（でも、助かったわ。出口を探さなきゃ）

無理やり連れてこられたので、出入口の位置など覚えていない。わずかな明かりを頼りに、ユフィはそっと足を踏み出そうとして、

「……っ⁉　眩しい……」

暗い部屋に突然差した光に、うっかり視線をとられてしまった。

光源は男の進んだ奥のほうにあり、何度か瞬けば、それが部屋の天井に吊るされた巨大なランプだとわかる。

いや、ランプというよりは巨大な鉄鍋のほうが近いかもしれない。油か何かを張ったそこでは、轟々と火が燃え盛っている。

(なにあれ？　なんで天井にお鍋が)

火の粉が飛び散る鍋を見上げて、ユフィの背筋に震えが走る。

あんなものが落ちてきたら大惨事だ。それともまさか、落とすために吊るしているのか？

「………………」

恐ろしくなって明かりから目を背けると、部屋自体もたいへん不気味な様相をしていた。

見たこともない奇妙な生物の入ったガラス瓶がところ狭しと並び、その隙間には尖ったトゲだらけの謎の物体が置いてある。武器と呼ぶにはずいぶん小ぶりだが、何に使うのか全くわからないものばかりだ。

鉄鍋ランプの下には大きな木のテーブルがあり、そこもまた異様な有様だ。

四隅に不気味な物体がこんもりと盛りつけられ、テーブルの表面には円形の気持ち悪い模様がびっしりと書き込んである。あれでは、テーブルとしては使えないだろう。

(どこを見ても気持ち悪い……なんなの、ここは)

胃からせり上がるものをなんとか抑えたユフィは、一歩二歩と後ろへ下がっていく。

正しい教育を受け、優しい人々に囲まれて育った六歳の少女には、ここはあまりにも異質すぎる。鼻をつくカビの臭いも相まって、頭が痛くなりそうだ。

（ここにいたくない。早くここから逃げたい！）

恐怖に震える足をまた一歩後ろへ運び、少しずつ男から遠ざかる。

一歩ずつ、一歩ずつ――しかし、五歩ほど下がったところで、男の顔が突然ぐるんとユフィに向き直った。

「さあ、私の大事な贄よ。こちらへおいで。君の仕事だよ」

「ヒッ⁉　こ、来ないで！」

黒いローブが動き出すと同時に、思わず悲鳴がこぼれてしまう。

慌てて足を動かすものの、残念ながら大人の男の歩幅には太刀打ちできない。

「いや！　いやだあっ‼」

いくらも抵抗できぬ内に、ユフィの腕は摑（つか）まれ、ずるずると部屋の中へ引き摺（ず）られていく。

男が拘束をしなかったのは、簡単に捕まえられる自信があったからだったのだ。

「やめ……きゃあっ⁉」

やがて持ち上げられ、ユフィの体はあの不気味なテーブルの上に転がされる。

もちろん逃げようとするが――トン、という軽い音と共に、ユフィの体は動かなくなった。

「…………あ」

いつの間にか男の手に握られていた黒い刃物が、ユフィの胸にのっている。

いや、違う。刃の部分が……刺さっているのだ。

「……っ！」

痛い、と思ったのはほんの一瞬だった。

すぐに熱さと寒さが同時に襲ってきて、体から力が抜けてしまった。

どくどくとうるさい心臓の音の後ろで男が何かを喋っているようだが、ユフィにはもう聞きとれない。


（寒い……怖い……お母様、お父様……）

涙が後から後から流れて、動かない顔をより冷やしていく。

死にたくない。死にたくない……その願いは届くことなく、ユフィの視界が暗くなる。

――と同時に、何故かこの場に似つかわしくない声が響いた。


「なんだ、この悪趣味な部屋は。拷問部屋か？」


当然、誘拐犯ではない。あの男の声は、もう聞こえなくなっている。

なのに、第三者の声はユフィの耳にしっかりと届いた。耳に心地よい男性の声だ。

「はあ？　お前が召び出した？　馬鹿言うな、お前じゃない。俺は別の魂に惹かれて来たんだ」

ガツン、と大きな音がして、ユフィの傍から人の気配が消える。

見えないなりに、誘拐犯がどこかへ行ったということだけはわかった。

男と入れ替わるように、別の誰かが近づいてきたことも。

「ああ、いた。お前だお前」

「…………！」

突然、ユフィの消えかけた視界の中に、男性の姿が映った。

伯爵領では見たことがない褐色の肌と黒い髪を持つ彼は、とんでもなく美しい男性だ。

令嬢として多くの美術品に触れてきたユフィも、これほど美しいものにはお目にかかったことがない。着ているものはボロボロの布切れだけだというのに、それすらも素晴らしい衣装に見えてしまうほどに本人が美しい。

……だが同時に、彼が〝人間ではないもの〟ということもわかってしまった。

彼の背には、とても大きく、カラスのような真っ黒な羽が見えていたのだから。

「うん、間違いないな。俺はお前の無垢（むく）で希少な魂を追ってきたんだ。ちび、願いを叶（かな）えてやるからなんでも言え。そして俺と契約しろ」

彼の鋭い紫眼が、喜びをたたえて細められる。嬉しそうな表情をすると、ますます美しい。

死ぬ間際に見られたものがこの光景ならば、ユフィは幸運だったのかもしれない。

「きれいな、おにいちゃん……」

最期に彼への感想を呟（つぶや）いて、ユフィの意識は深く深く沈み落ちた。

「……まあ、いいだろう。俺の名はネイト。いつかお前をもらい受ける〝悪魔〟だ」

＊＊＊

ユフィが次に目覚めた時、真っ先に感じたのはぽかぽかとした心地よさだった。

頬やお腹が温かいものにくっついていて、とくとくと心臓の音が聞こえてくる。

続けて、体を揺らす規則的な足音。両手足の位置から予想すると、どうやら自分は誰かにおんぶをされているらしい。

「お？　気がついた？」

ふと、高く明るい声に問いかけられる。

誘拐犯でも男性の声でもない。ユフィと同じ子どもの声だ。

「傷は治しておいたよ。人間の子どもは、すぐに死んでしまうから」

声は楽しそうに笑いながら、ユフィの足を持ち上げる。

喋っているのはおんぶしてくれている人物であり、しかもまだ若い少年らしい。

「あり……がと」

周りの景色も何も見えないが、少なくとも命の危機は脱したようだ。

安心したユフィは、再び身を預けたまま意識を失い――また次に目覚めた時には、自室のベッドの上だった。

「おはよう、ユーフェミア。気分はどう？」

ぼんやりとした世界に、また先ほどの子どもの声が聞こえる。
二、三度瞬いてから視線を向けると、ベッドサイドの椅子に、ユフィよりいくらか年上の少年が座っていた。
仕立ての良いシャツにサスペンダーつきの半ズボンといった良家の令息のような服装をしているが、露出した肌は褐色で髪の色も黒い。

伯爵領では見たことがない容姿は、あの不気味な部屋で見た羽を持つ彼と同じだった。

「あなたは……？」

「聞こえてなかったかな？　俺の名前はネイトだよ。これからよろしくね、ユーフェミア。ユフィと呼んでいい？」

にこり、と微笑(ほほえ)んだとんでもなく美しい顔を見て、やはり少年ネイトは地下にいた彼と同一人物で間違いないと気づいてしまう。だが何故、彼は少年の姿に変わっているのだろうか。

（どういうこと？　一体何が起こってるの？）

そもそも、彼がユフィの自室にいるのもおかしい。

目覚めたての頭に入ってきた情報量が多すぎて、今にもパンクしてしまいそうだ。

一つ確かなのは、こんな芸当ができる彼は、やはりただの人間ではないこと。

「き、急によろしくなんて言われても……」

正直に言って、とても困る。

ユフィには人外と仲良くできるような度胸はないし、あの恐ろしい場所にいた人物が安全な者とはとても思えない。

（どうしよう、怖い！）

どうやったらこの場から逃げられるだろうか。ここは自分の部屋のはずなのに、地下の部屋にいた時のように心臓がどくどくと暴れて、手足が震えてくる。

すっかり覚めてしまった目で、部屋の中を見回して――しかし次の瞬間、大きな音を立てて、ユフィが求めていた出口の扉が勢いよく開かれた。

「ユーフェミア！　ああ、私たちのユフィ！　やっと起きてくれたんだね!!」

「きゃあ！　お父様!?」

部屋に飛び込んできたのは、娘が目覚めた報せを受けた父伯爵だった。

続けて母も入ってきて、ユフィはすっかりもみくちゃにされてしまう。両親の愛はとてもありがたいが、今はそれよりも気になることがある。

「あの、お父様！　彼のことを……」

「本当に大丈夫かい？　痛いところはない？」

「大丈夫なので、話を聞いてください！」

……結局、その日はそんな感じで皆に無事を確認されてしまい、事の真相を聞けたのは、ユフィがこの家に戻ってきてから何日も経った後だ。

いわく、ユフィを誘拐した男は、〝悪魔崇拝者〟と呼ばれる邪教の信徒だったらしい。

悪魔とは、こことは異なる世界に住んでいるとされる、恐ろしい化け物だ。

召喚には生贄が必要だとか、魂を差し出せばどんな無謀な願いも叶えてくれるとか。それにまつわる話は血腥（なまぐさ）いものが多いため、存在そのものが忌避（きひ）されている。とはいっても、ほとんどが尾ひれ背ひれのついた噂（うわさ）だ。真実だと裏づけるような証拠は、一つたりとも見つかっていない。

ただ、残念ながら実在はしているらしく、彼らの強大な力とそれによって引き起こされた出来事は、いくつもの文献に記録として残っている。

加えて、〝悪魔のなり損ない〟とされる異形の存在『魔物』は、確かにいるのだ。

子どものユフィはまだ実物を見たことはないが、セルウィン伯爵領でも稀（まれ）に出現するらしく、その度に物々しい装備の大人たちが討伐に出向くのを見送ってきた。

とにかく、そんな恐ろしいものが悪魔であり、ユフィを誘拐した男はその悪魔を崇拝する者で、さらにユフィは生贄として殺されかけたらしい。

ユフィ自身もあの男に刺されたことは覚えているので、真相を知って納得すると同時に、子どもを平気で刺せる彼の心理にぞっとしてしまった。

そして、問題の少年ネイトだが、彼はユフィを誘拐犯のもとから連れ出してくれた〝命の恩人〟なのだそうだ。

少年の勇気ある行動のおかげでユフィは助かり、また街の自警団がすぐに動いた結果、誘拐犯も無事に捕らえられたとのこと。

何故か、誘拐犯は捕まる前からボロ雑巾のようにボッコボコにされて気絶していたと聞いたが、領主の娘を誘拐した罪の前では些末なことだ。

父伯爵は少年に心からの感謝と謝礼を渡して、めでたしめでたし……と本来ならなるはずだったのだが、ここで一つ問題が起こった。

恩人の少年には、帰る家がなかったのである。

彼が人間ではないと知っているユフィからすれば『そりゃそうだろう』な話なのだが、何も知らない大人たちには大問題だ。

少年本人に訊ねてみても、彼は美しい顔に曖昧な笑みを浮かべるばかり。

これはもしや『わけあり』か、なんて大人たちが勝手に想像を巡らせた結果……。


「俺も一緒に暮らすことになったから、改めてよろしくね」

「なんでそうなるの!?」


謎の少年ネイトは、セルウィン伯爵家に引きとられることになり——今に至るというわけだ。

もちろん、ネイトが人外の存在だと知っているユフィは止めようとしたが、ユフィ本人こそが彼に救われてしまっているので、いまいち反論にも力が入らない。

「ネイト君は本当に良い子だよ。ユフィが眠っている間も、ずっとお前の傍に寄り添って、看病をしてくれていたんだ」

「お、お父様……」

おまけに、少年ネイトは素行も態度も完璧だった。

美しすぎる容姿だけでも印象が良いというのに、彼は伯爵夫妻がユフィを溺愛していることを知った上で、ユフィをとにかく大切にするように動いたのだ。

「おはよう、可愛いユフィ。今日もいい天気だよ。朝食をとったら、一緒に庭を散歩しようか。本当はもっと寝かせておいてあげたいけど、少しずつ体を動かして慣らしていこうね。大丈夫、俺がついているからゆっくりでいいよ」

極上の笑顔と、こんな誘い文句から始まる朝の景色を、果たして誰が貶（けな）せるだろうか。

誘拐されて心身共に傷ついてしまった少女を、献身的に支えてくれる命の恩人なんて、受けが良いにもほどがある。

ネイトが伯爵家に馴染むのは、まさしくあっと言う間だった。

（私だけは懐柔されないんだからっ……！）

当然ユフィは、得体の知れないこの男を受け入れないように、必死に抵抗した。ネイトの言うことには耳を貸さず、極力彼を無視したが、逆に両親に注意をされてしまった。

「ユフィ、どうしてお兄ちゃんの言うことが聞けないの？」

「お母様、この人は私の兄ではありません！」

「確かに血は繋がっていないけれど、ネイトはいつもユフィのために動いてくれる、立派なお兄ちゃんよ。ちゃんと言うことを聞いて、早く元気になりましょうね」

すっかりネイトを信用している両親は、彼の存在がユフィのためだと諭してくる始末だ。反論など聞いてもらえるはずもない。

（だったら、この人が諦めるまで持久戦よ！）

それでもユフィは一人、ひたすらにネイトに抵抗し続けたのだが……残念ながら、ネイトは何日経っても、何か月経っても、ずっとユフィに優しいままだった。

誘拐事件を思い出と語れるぐらいにまで心が回復し、普通の生活を送れるようになってからも、彼の態度は変わらない。手を差し出し、柔らかな笑みを浮かべながら、ユフィを先導してくれるのだ。耳に心地よい声で『可愛い俺のユフィ』と。

おまけにネイトは、外見が美しいだけではなく、とにかく有能だった。

「ネイトは本当に、何をやらせても完璧にこなしてしまうな！」

座学では一を教えれば十を悟り、馬術も剣術も誰よりも上手（うま）くこなす彼を、父伯爵のみならず、領の皆が手放しで褒め称（たた）えた。

一度ぐらい失敗してくれればいいものを、十年間で彼に黒星は一つもなく、気づいた時には〝セルウィン伯爵家の自慢の息子〟だ。悔しいが、彼のすごさはユフィも認めざるをえない。

優しくて、頭が良くて、運動神経抜群な好青年。そんな彼に誰よりも大切にされて——どうして抵抗など続けられようか。

「俺は、可愛いユフィに相応（ふさわ）しい兄になりたいから頑張るんだ。……まだ、足りないかい？」

「くっ……わ、わかったわよ、〝兄さん〟！」

結局ユフィもこの『絵に描いたような良い兄』に絆されてしまって、今に至る。

ただ、今の状況から言わせてもらうなら、当時の自分にはもっと頑張って追い出して欲しかったような気がしなくもない。

……過保護すぎて婚活に支障が出るほどの兄になるなんて、詐欺だろう。

＊＊＊

「お父様、ちょっとお話よろしいですか!!」

一夜明けた翌朝、食事を終えたユフィはそのままの足で父の書斎へと踏み込んでいた。

淑女としては少々はしたないが、この重要な問題の前では些末なことだ。

「おはよう、私のユフィ。今日も朝から可愛らしいね」

部屋の中央で存在感を放つオークの執務机には、年の割には若い容貌の父伯爵が座っており、今日ものんびりと書類を片づけている。撫で上げた髪は白茶色だが、目の色はユフィと同じ碧だ。

彼の前に執事が運んできた大量の手紙があることを確認してから、ユフィは一気に距離を詰め、パンと執務机に両手をついた。

「お父様、私が本当に可愛いのならば、縁談を持ってきてくださいませ」

「おやおや、急にどうしたんだい？」

「このままでは、セルウィン伯爵家の血が絶えてしまいます‼」

ユフィは血を吐くような気持ちで声を張り上げるが、父はニコニコと笑うばかりだ。

もともとおっとりとした性格であることは知っているが、さすがにこの件はおっとりされていては困る。

「我が家が絶えるとは、穏やかではないねえ。何か困ったことでもあったのかい？」

ユフィは今この瞬間にも年をとり続けており、限りある結婚適齢期も減り続けているのだから。

「困ってます、心から困ってます！　あの過保護すぎる兄さんのせいで、相手を見つけるのが困難すぎるんですよ！　なんのために王都に出てきたと思っているんですか！」

「ネイトは昔から、ユフィのことが大好きだからね」

もう一度執務机を叩けば、積み上げた手紙の一角がばらばらと崩れ落ちる。

父がそれをちらりと見たのを確かめてから、ユフィは再び声を張り上げた。

「あの束の中に、私宛てのものはないのですか？」

「ああ、あったと思うよ。夜会とお茶会の招待状がいくつか。すぐに仕分けをして、ユフィのところへ運んでもらおうと思っていたのだけれど」

「私が今、確認しても？」

言うが早いか、ユフィは落ちた手紙を拾うと見せかけて、ささっと差出人や封蠟の紋を確認していく。父の言う通り、招待状と思しきものはいくつか見つかったが、それだけだ。

「お、お父様宛てのものに、縁談とか釣書とか……」

一縷の望みをかけて父を見返すが、ゆるりと首が揺れた方向は横だ。

「今日も駄目なの……？　お父様、お願いですから動いてくださいませ。このままでは、娘が行き遅れになってしまいますよ⁉」

「そんなことはないとは思うけれど、これればかりはねえ」

「でしたら、せめて夜会のパートナーをお父様が引き受けてくださいませ！　会場まで連れていってくだされば、あとは一人でなんとかしますから！」

「ネイトの手が空かなければもちろん私が付き添うけれど、普段わがままを言わないあの子が『これだけは』と言ってきたことだからね。兄さんに優しくしてあげてくれ、ユフィ」

「なんてことを頼んでるのよ兄さん‼」

夜会には『婚約者が決まっていない娘は、血縁の男性と共に行くもの』という暗黙のルールがある。ネイトがパートナーを務めるのもそのせいだとばかり思っていたが、まさか自ら父に頼んでいたとは想定外だ。

そこまでして、妹の婚活を邪魔したいのか。

「あんまりだわ……もしかして、本当は私のことが嫌いで意地悪をしているの？」

「はは、ネイトに限ってそれは絶対にないよ。あの子はユフィのことが本当に大好きだからね」

「だったら、大事な妹の相手探しに協力してくれてもいいと思います……」

絶望に打ちひしがれるユフィに、父は曖昧に笑うばかりだ。

結局収穫はないまま、ユフィはとぼとぼと書斎を後にする。一応、出ていく時に『縁談を』ともう一度伝えたが、望みは薄いだろう。

「何故お父様はあんなに消極的なのかしら。年頃の娘を持つ貴族の父といったら、今の時期は良縁探しに奔走するものではないの？」

そうでなくても、貴族とは血筋が第一で選民意識が強い。

別にギラギラした野心家になって欲しくはないが、せめて縁談の一つぐらいは持ってきてくれてもいいのでは、と思ってしまう。

「それとも、私は外に出すのが恥ずかしいほど、駄目な娘なのかしら……」

「まさか、そんなことは絶対ありませんわ、お嬢様」

ふいにかけられた声に顔を上げれば、いつの間にか侍女のモリーが傍に控えていた。

左目の泣き黒子（ぼくろ）が色っぽい彼女は、昔からユフィに仕えてくれている五つほど年上の女性で、赤茶色の髪に青い目の美人だ。

「お嬢様はこの国で一番可愛いです。ずっとお仕えしている私が保証します！」

「うん、モリーぐらい美人で、スタイルも良ければそう思えたけどね」

視線を彼女の顔から下へ向けて動かせば、黒の地味なお仕着せをぐぐっと持ち上げる胸と、細く引き締まった腰が見える。

一方で、ユフィの胸元は『まあ一応あるかな』ぐらいの慎ましい山だ。

体の線がわかりにくいふわっとしたワンピースを着ているからとか、モリーのほうが年上だからということを抜きにしても、その差は歴然である。

（私、もしかして本当に、女としてあんまり魅力がないのかしら……）

度重なる悲しい事実に、気分はどんどん沈んでくる。

……いや、だとしたら、なおさら婚約者を決めることは急務のはずだ。

もしユフィが残念な娘なら、売りになるものは伯爵家の地位と若さだけだ。今相手が見つからなければ、絶対に行き遅れるだろう。

恐ろしい予感に、背筋を冷たい汗が伝い落ちていく。それだけは、いっぱしの令嬢として避けねばならない。

「モリー、すぐにいただいた招待状を確認しましょう。お父様は当てにならないし、兄さんはなんとかして撒くしかないわ。とにかく出られるものには全部出て、出会いの数を増やさないと！」

「お嬢様、そんなに焦らなくても……。確か今日も夜会のご予定がありますよね？　あまり根を詰めてはお体に障りますわ」

「若い内の無理は、買ってでもするものよ」

わざと靴音を立てて廊下を進めば、彼女がため息を吐く音が耳に届く。

きっと、何もしなくても告白されるような美人には、モテない娘の悩みなどわからないのだ。

伯爵邸に勤める男たちが、何人モリーに告白して玉砕したことか。

（大急ぎで予定を確認して、お返事を出さなくちゃ。それから、今夜のドレスと小物を選んで……

ああ、王都に来てから本当に忙しいわ）

こちらに来てまだ二月ほどだが、すでに本邸でののどかな暮らしが恋しくなってくる。

流行のものがすぐ手に入るような環境ではないが、それでもセルウィン伯爵領での生活は毎日が充実していた。家庭教師の叱る声すらも、今となっては愛おしい。

「……ん？」

そんな風に思いを馳せながら歩いていると、一階のエントランスがにぎやかなことに気づく。

来客ならばすぐに執事が対応するだろうし、出入口で話し込むような教育は、使用人たちに施していない。

ならば何事かと下を覗き込み……直後にユフィは後悔した。

「あ、ユフィ！　ただいま」

そこには、輝かんばかりの笑みを浮かべるネイトの姿があった。

むしろ今の一瞬で、よくユフィを見つけたものだ。

(気づかれていなければ逃げたところだけど、もう遅いか)

ネイトは話していた使用人たちに挨拶をすると、長い脚であっと言う間に階段を上り、ユフィの目の前まで迫っていた。

「出迎えに来てくれた、わけじゃないか」

「ええ。兄さんがここにいるのは、完全に想定外よ」

あえて素っ気なく振る舞うも、彼の美しい顔にはずっと笑みが浮かんでいる。

出会ってから十年。ネイトは、かつて地下室で見た姿とだいたい同じぐらいにまで成長した。それはもう、芸術品も裸足で逃げ出したくなるような、恐ろしい美丈夫に。

華奢だった子どもの手足は筋肉がついてたくましくなり、それなのにむさ苦しさは感じない。広い背中や厚い胸板は、男らしい色気を感じさせる。

さらに今の彼の職業は、王都の女性たちにもっとも人気とされている騎士である。

何年か前に突然「騎士になる」と言い出した彼は、父の伝手を頼りに入団試験を受けて、あっさりと叙任されてしまった。

今では騎士団一の剣の腕前と称され、その噂は領地にまで届くほどだ。

しかし、その実力を鼻にかけず、誰にでも清廉潔白な態度で接することから『理想の騎士』として皆の憧れになっているらしい。

ついでに、騎士団の正装の格好良さも、彼の人気に拍車をかけている。

開襟型の上着は白を基調としており、刺繍や飾緒に金を使った固いデザインながら豪華なものだ。

特にネイトは肌が褐色なので、白い制服がとてもよく映える。

彼と十年顔を突き合わせてきたユフィでさえも、うっかり見惚れてしまうほどに。

(というか、兄さんのきれいすぎる顔に慣れる人間がいるなら、見てみたいわ)

中でもことさらに美しい笑顔を向けられて、ユフィの鼓動は速まるばかりだ。

だが、諸悪の根源にときめいているなど絶対に悟られたくないので、ぎゅっと唇を噛んで彼を睨みつける。それぐらいしか、抵抗もできないのが実に悔しい。

「こんなに早く帰宅するなんて、もしかして騎士団ってヒマなの？」

「いや、今日は午前の仕事が早く終わってしまっただけだ。簡単な書類仕事だったからな」

……有能アピールか、この万能男め。

なんて、つい行儀の悪い言葉が頭に浮かんでしまう。いや、万能男は褒め言葉なのだが。とにかく、このお兄様は顔も良ければ剣も強く、おまけに頭の回転も速いのだ。

正体が人間ではないことを知っているユフィでも、有能すぎてもう嫉妬をする気すら起こらない。

「ソウデスカ。さすがね、兄さん」

「ありがとう。それで、他に仕事もないというから、早めの休憩をもらってユフィの顔を見に来たんだ。会えてよかった」

照れくさそうに頬を赤らめたネイトに、背後から使用人たちの悲鳴が上がる。

王都で人気の兄は、当然ながら家でも大人気だ。どんな役職の使用人にも優しく接するので、ネイトを嫌っている者は本邸にもタウンハウスにも一人もいない。

(本っ当に、この男はもう！)

ネイトがこんな感じなので、彼を遠ざけようとしているユフィが、まるで悪者のような気分になってしまう。

無論、悪いことなど一切していないし、別に彼が嫌いなわけでもない。

ただ、少しばかり過保護をやめて、ユフィに出会いの機会を与えて欲しいだけだ。

「はあ……。妹のつまらない顔でよろしければ、存分にご堪能くださいませ」

「つまらないわけがあるか。ユフィは世界で一番可愛い」

「冗談はご自身の顔を鏡でご覧になってから、おっしゃってくださいます？」

げんなりしながら答えれば、伸ばされたネイトの長い指が、そっとユフィの頬を撫でる。

壊れ物に触れるように、優しく。まるでユフィが宝物のように。

（この人は、どうして私なんかを過保護にするのかしら？）

もしや、人外の基準ではユフィが絶世の美女なのか？

……いや、ネイト自身の容貌を見れば、美醜の感覚はきっと同じはずだ。

ならば何故、こうもユフィに執着を見せるのか。十年経った今でも、さっぱりわからない謎だ。

「失礼いたします、ネイト様。昼食もこちらでとられるご予定ですか？」

ぼんやりと考えていれば、ふいに横からモリーが声をかけてくる。

ネイトは少し考えた後、ふるりと顔を横に振った。

「急に俺の分が増えたら厨房（ちゅうぼう）も大変だろうし、俺は向こうでとるから用意はいらない。ユフィに会うのが目的だったからな」

「かしこまりました」

あっさりと断ったネイトに、ユフィは内心安堵（あんど）してしまう。

ネイトが嫌いなわけではないが、この超絶美形と顔を合わせ続けると心臓に悪いのだ。

せめてもう少し一般人寄りの顔なら、十年で慣れることができたかもしれないのに。

「ユフィ」

「……っ!?」

なんて油断をしていたら、急に名前を囁かれた。

見上げると、ネイトは吐息が触れるような近さにまで顔を寄せてきている。影ができるほど長いまつ毛と、その下の鋭い紫眼がすぐ目の前にあって、息が止まりそうになった。

「に、兄さん、近い！」

「今日も夜会だろう？　午後も急いで仕事を終わらせてくるから、一人で先に行かないようにな」

「わかってるわ！　ちゃんと待ってるから離れて！」

ネイトから香る心地よい匂いに、頭がくらくらしてくる。

いつの間にこんな良い匂いの香水を買っていたのだろう。これでは、ますます魅力が上がってしまうではないか。

必死に首を縦に振って動揺を誤魔化(ごまか)せば、ようやくネイトは顔を離して、また笑った。

「それじゃあ、俺は騎士団に戻るな」

「お父様に挨拶はしなくていいの？」

「父上も男の挨拶はいらないだろうよ。行ってくるよ、ユフィ。……また夜に」

最後の挨拶まで壮絶な色気を漂わせたネイトは、純白の正装を颯爽(さっそう)と翻(ひるがえ)して、エントランスを出ていった。

ほんの数分顔を合わせただけだというのに、嵐のような男だ。

「つ、疲れた……」

「ネイト様は本当にお嬢様のことがお好きなのですね」

ため息をこぼすユフィとは対照的に、モリーはとても楽しそうに笑っている。

端から見たら目の保養な美形だが、ああも近くまで寄られると、もう健康によくない。主に心臓とか胃とか……呼吸が乱れるので肺もだろうか。

「私の健康を阻害して、何が楽しいのかしら」

「まあまあ。でも、こんなにも足繁くお屋敷へ戻られる騎士なんて、ネイト様だけでしょうね。皆様、専用の寮で暮らしていらっしゃるでしょうし」

「……本当にね」

むしろ、ネイトの場合は足繁く帰ってきすぎだ。

騎士団には王城に隣接する専用の寮舎があり、独身の騎士のほとんどはそこに住んでいる。職場がすぐなので通勤も楽で、ネイトも去年まではそちらに住んでいたのだが、何故か今年になって……正確には、ユフィが社交のために王都に来てからは、このタウンハウスで家族と共に暮らすようになったのだ。

通勤時間も長くなるし色々と不便だろうに、改めるつもりもないらしい。

（そんなに私を見張りたいのかしら……）

つい、後ろ向きな発想まで出てきてしまう。

ユフィを見張ったところで、なんの意味もない。賢い彼が無駄なことなどするはずないとわかっているのに、過保護すぎる態度がそう思わせる。

もしかして、ユフィは危なっかしく見えるのだろうか。ずっと監視していなければいけないと思うほど、子どもっぽいのだろうか。

「……やめよう。兄さんのことを考えると、やっぱり体によくないわ。それよりも、早く招待状の確認をしなくちゃ。モリー、行きましょう」

「はい、お嬢様」

気を紛らわせるようにまた靴音を響かせながら、モリーを伴って自室への道を行く。

そういえば、ユフィ一押し作家の恋愛小説を買ってきてもらったのだった。気分を切り替える意味でも、そちらを楽しんでから準備に移ってもいいかもしれない。

（ああ。今日も窓の向こうは、清々しく晴れているのに……）

ユフィの心が明るくなるのは、いつのことか。

＊　＊　＊

婚活中の令嬢の忙しい一日はあっと言う間にすぎて、夜会に向かう時刻がやってきた。

今夜のユフィは淡いピンクとオレンジの布を重ねた、愛らしいデザインのドレスを着つけてもらっている。

こういう色は子どもっぽいと言われることもあるが、逆に言えば若い時にしか着られない色なのだ。どうせすぐに着られなくなるのだからと、今の時期は率先して明るい色のドレスを選ぶようにしている。

（私の髪もピンクが混じっているから、合わせやすいしね）

ただのブロンドではない珍しい髪色は、ユフィの数少ない自慢の一つだ。

不在の父に代わって領地を見ている母も、若い頃は珍しい髪色と愛らしい顔立ちから、それはそれはモテたらしい。……実に羨ましい話である。

「ねえ、お母様の名前を出したら、釣れる殿方とかいらっしゃらないかしら」

「いらっしゃったとしても、それは旦那様と同じぐらいの年齢の方ではないかと」

「それはそうなのだけど、ご子息がいらっしゃればあわよくば……って駄目よねぇ」

苦笑するモリーにユフィの口からもため息がこぼれる。

大きな姿見に映るのは、きっちりと支度を整えた年若い令嬢の姿だ。

髪はあえて結わずにふんわりと背中に流しており、ドレスの色も相まって絵本に出てくる妖精のような印象を受ける。

「うん、そんなに悪くないわよね？」

「はい。今日もお嬢様は最高に可愛いですよ？　支度をさせていただける私は、本当に果報者でございます」

「それは大げさよ」

むしろ、美人のモリーに支度をしてもらったユフィが嫉妬されそうだ。

だが、鏡の中のユフィの容姿は本当にそれほど悪くはない……と思う。美人ではないが、可憐とか可愛いと言ってもらえる分類ではあるはずだ。

「兄さんの過保護さえなんとかできれば、今夜こそ……！」

決意を込めて触れた胸は、正直少し寒い。モリーも気合いを入れてくれたのか、ドレスの胸元の開きがいつもよりも広いのだ。

（これでモリーぐらい胸があれば、独り身の殿方なんてイチコロなんだけど）

残念ながら、必死にかき集めた脇の肉は、ギリギリ谷間を作る程度にしかない。

……あまり注視されなければ、それなりには見えるだろう、多分。

「そういえば、兄さん遅いわね。まだ帰っていないの？」

時計を見れば、そろそろ家を出ないと遅刻してしまうような時間だ。

いつもは余裕をもって帰ってきて、絶対にユフィを逃がさないネイトなので、ずいぶん珍しい。

「もしかして、今夜は兄さんなしで参加できる⁉」

「あ、いいえ。ちょうどお帰りになったみたいですよ」

「はーい……」

期待させておいて落とすなんて、意地の悪い話だ。

モリーの言う通り、耳をすませば慌ただしい馬の嘶きと人の声が聞こえてくる。ネイトはよほど急いで帰ってきたようだ。

「残念。じゃあ、行ってくるわね」

「はい、いってらっしゃいませ。良い結果をお待ちしておりますね」

美しい侍女に見送られて、ユフィはゆっくりとエントランスへ向かう。

ネイトが帰ってきたばかりなら、彼の支度はこれからだ。となると、急いでも仕方ない。

（さて、兄さんは妹の遅刻をとるか、パートナーの交代をとるか……どっちかしらね）

ユフィとしてはパートナーの交代を願いたいが、きっと勝率の悪い賭けだともわかっている。

徐々に大きくなっていく人の声を目指して、ゆっくりのんびりとヒールの高い靴を進めていく。

やがて、ネイトの姿が確認できるところまで近づくと、途端に彼はバッと顔を上げてユフィのほうを見つめてきた。

（わっ、またなの！）

ネイトにはユフィ探知機でもついているのだろうか。あまりの発見の速さに、思わず一歩後ずさってしまう。

逆に、ユフィと目が合ったネイトは、それは嬉しそうに頬をゆるませた。

「よかった、まだいたなユフィ。遅くなってすまなかった」

「き、気にしないで兄さん。お仕事だもの、仕方ないわ。遅くまでお疲れ様」

むしろ、このまま帰ってこなくてもよかったのに。

なんてことは言えないので普通に労っておけば、ネイトはますます嬉しそうに笑ってくれる。輝かんばかりの美男子ぶりに、近くにいた使用人は目を押さえて、ふらふらと壁にぶつかった。

「馬車の用意はできているな？　よし、すぐに出よう」

「え？　でも、兄さん着替えは……」

仕事から直帰の彼は、もちろん騎士団の白い制服のままだ。

たいへんよく似合ってはいるが、夜会に参加する格好として相応しいかはわからない。

「これは騎士の正装だ、問題ない。仕事で警備につく時も、この服装で会場に出ているしな」

「それは仕事だからでは……」

「何より、遅刻をしてユフィの印象を悪くするほうが問題だ。さあ、急ごう」

「………………」

ネイトの答えは予想したどちらでもなかったが、ユフィのことを一番に考えられるとやっぱり嬉しく感じてしまう。

引かれた手に大人しくついていけば、状況を察した御者もすぐに馬車を出してくれた。


ほどなくして到着した会場は、とあるお屋敷の別棟のホールだ。

夜会の規模は昨夜よりも少しだけ小さいが、中に入れば同じぐらい豪奢に飾られている。

宝石箱をひっくり返したような美しい景色と、可憐な乙女たちが彩る空間は、何度参加しても現実とは別世界のようだ。

「あら、あの方は……！」

ユフィとネイトが会場に入ると、すぐさまこちらに視線が集まった。同時に、令嬢たちの色めきだった声も聞こえてくる。

御者が頑張ってくれたこともあり遅刻はしなかったのだが、どうやらネイトを制服のまま連れてきたことが裏目に出たようだ。

褐色の肌や黒髪の珍しさもさることながら、誰もが見惚れる美貌を持つ騎士といえば、該当する者は一人しかいない。そしてその彼は、王都ではとっても有名人だ。

「おお、セルウィン卿のご子息か。よく来てくれた」

「お招きくださりありがとうございます」

人々のざわめきに気づいた主催者もわざわざ来てくれたが、彼が話しかけるのもネイトであり、招待状を受けとったユフィではない。

まあ、父や兄をパートナーにしている者にはよくあることだ。ユフィも今更気にしてはいない。

「ユフィ、すまない。お世話になっている方がいらっしゃるそうだから、挨拶をしてきたいのだが」

「ええ、いってらっしゃい兄さん。私はここで待っているわ」

「悪い、本当にすぐ戻るから。誰に声をかけられてもついていかずに、ちゃんと待っているんだぞ？　お菓子や飲み物を出されても、無暗に受けとらないように……」

「大丈夫だから！　早く行きなさいってば、もう」

ユフィが強い口調で送り出せば、ネイトはこちらを何度も振り返りつつ、足早に去っていった。

「兄さんは私をいくつだと思っているのよ……」

兄が残していった注意事項に、ついため息がこぼれてしまう。

やはり彼が過保護なのは、ユフィを幼い子どもだと思っているからなのか。もしそうなら、腕の良い頭の医者を探したほうがいいかもしれない。

（子どもが夜会になんて来るわけないでしょ）

十六歳といえば、この国では立派な大人だ。だからこそユフィも、素敵なお相手を探しているというのに。

「はあ……」

場に不似合いだとわかっていても、またため息がこぼれる。

壁に身を預ければ、視界に入ってくるのはキラキラしたものばかりだ。この世界をユフィも自由に動き回れたら、どれだけ楽しいだろう。

「またあの子……忙しいネイト様を連れ回してなんなのかしら」

「妹分だからって、弁えるべきではなくて？」

せっかく来たので、せめてもと華やかな景色を堪能していると、そのときめきを壊すような声が聞こえてくる。

声の出所は、少し離れた場所に集まっている少女たちからだ。

（ああ、またか）

ギリギリ聞こえる声量をよくわかっている上に、自分たちの顔は見られないように扇子を構えている辺りが、なんとも〝らしい〟と思ってしまう。

（貴族の世界がきれいなだけではないことぐらい、知っているわよ）

むしろ、美しい仮面の下で毒を撒き散らすのが貴族の本領だろう。そんなことは、当然ユフィとて幼少からよく聞かされている。

主にネイトのせいで、陰口を叩かれるのも慣れっこだ。

彼こそ過保護で困っていると弁明したところで、どうせ誰も信じないのだし、いちいち気にしても疲れてしまうだけだ。

（言いたいなら好きなだけどうぞ。それよりも、私は素敵な出会いを探さなくちゃ）

少女たちの集団に一度だけ視線を向けてから、すぐにまた会場へ戻す。

ネイトは動くなとは言ったが、人を探すなとは言わなかった。なら、こうして殿方を目で追うだけならば問題ないはずだ。

（むしろ、兄さんがいない今が好機！　さあ、良い方はいないかしら……）

最近は頻繁に夜会に参加していることもあり、だいぶ人の顔も覚えてきた。具体的には、婚約している者や既婚者の顔を、だ。

すでに知っている顔を候補から外し、知らない顔を求めて視線を巡らせる。

……と、ふいに一人の男性とぱっちり目が合った。

（よし、知らない方だわ。独身だといいな）

できうる最高の顔を作って微笑みかければ、男性は一瞬驚いた様子を見せるが、すぐに口角を上げて応えてくれる。

そして、そのままゆったりとした歩調でユフィに近づいてきた。

「こんばんは、可憐なお嬢さん。良い夜ですね」

「こんばんは。本当に素敵な夜会ですね」

「ええ、まったく。あなたに出会えたこの場に感謝を。……実は、妖精が会場に迷い込んだのかと思って、少し驚いてしまったのです」

「まあ、お上手ですこと」

当たり障りのないただの挨拶だが、思ったよりも印象はよかったようだ。

ほんのりと赤みの差した彼の表情に、ユフィも手応えを感じて嬉しくなってくる。この妖精風のドレスを着つけてくれたモリーにも、帰ったら感謝をしなければ。

(私だって、兄さんさえいなければ男の人に声をかけてもらえるのよ！)

ユフィがうきうきしていれば、彼も機嫌の良さを察したのか、男性らしい大きな手のひらを差し出してきた。

「よかったら、あちらでもう少しお話ししませんか？　できれば、二人で」

「はい、喜んで！」

開場すぐから出会いがあるとは、今夜は実に幸先がいい。

喜び勇んで彼の手を摑もうとして――しかしその手は、中途半端なところで止められてしまった。

「あれ……」

「――ユフィ、ここから動いたら駄目だと言っただろう？」

(いやあああ⁉)

直後、真横から感じた威圧感に、ぞわっと全身の肌が粟立った。そちらをわざわざ見なくても、誰が立っているかなど明らかだ。

「ちょっと、きみは誰だい？」

突然割り込んできた人物に、男性は果敢にも問いかける。

そんな彼に返されるのは、体の芯まで凍りつくような冷たい視線だ。

「一人きりだったから気を遣ってくれたんだな、ありがとう。彼女は俺の連れなんだ。もう大丈夫だから、行ってくれて構わないぞ？」

「は、はい！　失礼しますっ」

ネイトの言い方だけは丁寧な『失せろ』を告げられた男性は、一瞬で顔から血色をなくすと、大慌てで走り去っていった。

足をもつれさせながらも逃げていくその姿は、完全に化け物に遭遇した時のそれだが、相手がネイトでは仕方ない。

「あああ……私の出会いが……」

せっかくの機会を強制終了させられたユフィは、がくりと肩を落とす。

ユフィに声をかけてくれる男性など滅多にいないのに、名前すら聞けなかった。去り際の様子から考えれば、もう二度と機会はないだろう。

そんなユフィの心情など気にもせず、ネイトは不愉快そうに前髪をぐいっとかき上げた。

「まったく、こんな短時間で虫が寄ってくるとは、油断も隙もないな。大丈夫か、ユフィ。兄さんが来たから、もう安心だぞ」

「むしろ戻ってこなくてよかったのに!!」

去ってしまった好機に、頭を抱えてしまう。ドレスを着ていなければ、もう膝から崩れ落ちたい気分だ。今回は印象もよかったので、なおさら痛い。

「どうして邪魔をするの、兄さん！　私が行き遅れてもいいの⁉」

「なんだユフィ、ご機嫌ななめだな。ああ、お腹が空いたのか？」

「空いてないわよ！　人の話を聞いて！」

「よしよし、俺の妹は世界一可愛い。もう少し挨拶回りをしたら、一緒に料理をとりに行こうな」

東方の古い言葉の『暖簾に腕押し』とは、まさにこのことか。

ユフィの切実な願いをさらりと聞き流したネイトは、いつも通りの美しい笑みを浮かべたまま、当たり前のように手を引いて会場の中へ進んでいく。

もちろん、有名な騎士の彼を押し退けてまで声をかけてくれる殿方などいるはずもない。

（またか……また駄目なの……）

幸先はよかったのに、結局いつも通りだ。

出会いの望めない会場に未練などあるはずもなく、結局挨拶回りを済ませたユフィは、今夜も早々に会場を去ることになったのだった。

＊　＊　＊

——夜会の開場から、わずか数十分後。

ユフィとネイトを乗せた馬車は、再び王都の道を走っている。

「まだ閉会まで時間があるのに、帰ってよかったのか？　ユフィは、夜会を楽しみにしていたのだろう？」

「どこかの誰かさんのせいで、目的が果たせなくなってしまったからね」

向かい合って座っている『どこかの誰か』に不満を訴えながら睨みつけるが、きっと効果はないだろう。そもそも、自分に言われた嫌味だとも気づいていないかもしれない。

「そうか。ユフィが納得しているならいい」

軽く頷いたネイトは、寛いだ様子で長い脚を組み直す。彼の行動のせいで妹はずーっと落ち込んでいるというのに、全くいい気なものだ。

（婚活を始めてから、こんなことばっかり。本当に難しいわ……）

せめて父が縁談の一つでも持ってきてくれれば夜会でここまで苦労をすることもないのだが、今朝の様子から察するに、今後も望みは薄そうだ。

夜空の暗さに引っ張られて、気分はますます落ち込んでくる。

……こんな調子で、ユフィは結婚などできるのだろうか。

この面倒な兄が義理の兄弟になるとわかっていて、ユフィを引きとってくれる男性など存在するのだろうか。

（駄目だわ、ちょっと泣きたくなってきた……）

視界がぼやけていくのを、まぶたをぎゅっとつぶって我慢する。

一度泣いてしまったら、心が折れてしまう気がする。だから、泣くのは婚活が無事に終わってからと決めているのだ。

――いつ終わるのか、見当もつかないけれど。

（あーあ、この前読んだ小説のような素敵な出会いが、どこかに落ちてないかしら。格好いい殿方が、私を見初めて……なんて無理よね。ほんとに泣きそう）

「ユフィ、どうした？　どこか痛いのか？」

俯いて涙を堪えていれば、ネイトが目敏く気づいて指摘してくる。薄暗い馬車の中で、どうしてわかるのだろう。

「なんでもないわ。目にゴミが入っただけよ」

「ゴミ？　ちょっと見せてみろ。目に傷がついたら大変だ」

適当な言い訳なのに、ネイトはすぐにユフィの隣の座席へ移ると、大きな手のひらでそっと頬に触れてきた。

剣を握る者特有の、皮が厚くて硬い指先。だが、彼がユフィに触れる時はいつだって、こちらが困惑してしまうほどに手つきは優しい。

（兄さんがこんな態度をとるから、嫌いになれないのよ）

ネイトを嫌ってしまえたら、きっと楽なのに。

十年の間ずっと、大事に大事に……度がすぎるほど大事に妹を可愛がってくれた彼を、嫌いになることができないから困ってしまう。

（もっとぞんざいに扱ってくれたら、すぐにでも嫌いになるのに）

そもそも、ネイトは人間ではない。何が目的でユフィの家にいるのかもわからない。それでも、兄さんと呼んで育った十年は長すぎた。

「……何も入っていないが、まだ痛むか？」

心配そうなネイトの顔が、視界いっぱいに広がる。

彼の紫色の瞳にも、ユフィの顔だけが映っている。

（まるで、恋人同士みたいな距離ね）

なんて、兄と妹ではありえない感想を抱いて――……


――次の瞬間、這うような冷たい感覚に、全身の毛が逆立った。


「…………ッッ!?」

声にならない悲鳴が、喉を震わせる。

血の気が一気に引いて、体が凍ってしまったかのように寒い。

「ユフィ!?」

異変に気づいたネイトが声を上げるが、それよりもユフィが彼にしがみつくほうが早かった。

寒くて、怖い。怖くてたまらない。

「なんで……どうして、今……」

彼の制服が皺になってしまうとわかっているのに、握った手が離せない。

この感覚を、ユフィはよく知っている。

かつて本邸で暮らしていた頃に、何度も感じていた〝嫌な感じ〟だ。

外に出たくなくて、涙が止まらなくて、何度も両親を困らせた幼いユフィの『体質』を、今はっきりと感じている。

「に、兄さん……どうしよう。すごく〝嫌な感じ〟がするの……！」

「まさか！」

震えるユフィをしっかりと左腕に抱いたネイトは、空いた右腕で馬車の窓を開け放つ。

暗い夜空と、すぎ去っていく街の景色……その向こうに、かすかに馬車の姿が見えた。

「……あれだわ！」

その馬車を視界に入れた瞬間、嫌な感じがより強くなった。

間違いない、あの馬車がユフィを恐れさせている『何か』だ。

「あの馬車を追って‼」

「ユフィ⁉」

――だというのに、何故か気づいた時にはそう叫んでいた。

嫌なものなら避けるべきなのに、恐怖と一緒に確信めいたものを感じてしまったのだ。追いかけなければ、と。

「ユフィ、近づいて大丈夫なのか？」

「わ、わからない……自分でも何がなんだか……でも、そう思ってしまったのよ……」

混乱しつつも答えれば、ネイトは力を強めてユフィの体を抱き寄せてくれる。衣服越しに伝わる体温と鼓動が、恐怖を紛らわせてくれるようだ。

しかし、彼の表情は先ほどとは一変して険しく、鋭い視線を窓の外へと向けている。

と、そこに、御者の困惑した問いかけが聞こえてきた。

「あ、あの、ネイト様。私はどうすれば……」

「すまない、あの馬車を追ってくれ。責任は俺がとる」

「は、はい！」

硬い声でネイトが素早く答えると、高い嘶きと共に馬の進む方向が変わっていく。

大通りから逸れて、横道へ……このまま進んでいけば、整備された道がなくなるコースだ。

「一体、どこへ行くつもり……？」

夜闇に蹄の音を響かせながら、走ることしばらく。

例の馬車と並走できるぐらいまで近づいた時には、すっかり道を外れて森に差しかかっていた。

(この馬車、ずいぶん立派だわ)

ユフィたちが追っていた馬車は、近くで見ればすぐにわかるほど上等なものだった。

引いている馬も二頭いるし、客車部分もかなり大きい。高位の貴族ぐらいしか持てないような立派な仕様だ。

だが、何故かその周囲に黒い何かがまとわりついている。

夜の暗さで見えにくいが、何かがくっついているのは確かだ。

「……まずいな」

共に窓から外を見ていたネイトが、ぽつりとこぼす。

聞き返そうと彼を見上げれば、ひどく真剣な表情でそれを睨みつけていた。

「ユフィ、すぐに片づけてくるから、しっかりと掴まってじっとしていてくれ。絶対に動くんじゃないぞ？　いいな？」

「片づける？　一体なんの話？」

ネイトはゆっくりとユフィの体から腕を離すと、反対側の窓へ誘導し、枠の下の手すりをしっかりと握らせてきた。

「……よくないものだ。いいな？　今は俺の言うことを必ず守ってくれ」

「わ……わかっ、た」

射貫くような目で見つめられれば、頷くしかない。

ネイトは念を押すようにユフィの手をもう一度握ってから、座席に立てかけてあった長剣を手にとった。夜会の会場へは持ち込めなかった、騎士が使う実戦用の剣だ。

「――あれは魔物だ」

言うが早いか、ネイトは長い脚で扉を蹴り開けると、その勢いのまま隣の馬車へ飛び移った。

「兄さんッ⁉」

突然の行動にユフィも手を伸ばそうとするが、反動に揺らされて立つこともままならない。

「くっ⁉」

必死で手すりに掴まっていれば、再び馬の嘶きと「どうどう」と叫ぶ御者の声が響く。

やがてもう二、三度大きく揺れてから、ユフィを乗せた馬車はなんとか停止した。

「……っ！　兄さん、どこっ⁉」

開いたままの扉から、ユフィも慌てて外へ飛び出す。夜の森は静まり返っており、虫の声すらも聞こえてこない。

「はっ！」

じっと耳を凝らしていたユフィに、短いかけ声と鋭い斬撃音が届く。

探していた声のもとへ急いで足を向ければ、まさに剣を振り抜いた姿勢のネイトが視界に飛び込んできた。

情など微塵も感じられないような、凛々しくも冷たい表情の彼に背筋がぞわりと震える。……ユフィには甘いだけのネイトとは別人のようだ。

「……ユフィ、もう大丈夫だ」

呆然と見つめていると、ネイトがこちらに向けて軽く手を挙げてくれる。その動作ではっと現実に引き戻されれば、そこにいるのはいつも通りの優しい笑みを浮かべたネイトだ。

そして傍らには、先ほど追っていた立派な馬車が佇んでいる。あの奇妙な黒いものは、もうくっついていないようだ。

「に、兄さん、怪我はない？」

「大丈夫だ、ありがとう」

そろそろとネイトに近寄ってみれば、多少制服は汚れていたが、彼自身に怪我はなさそうだ。

ただ、右手には抜き身の剣が握られたままで、そこには黒いものが付着している。

「……戦ってたわよね？」

「ああ、倒した。もう心配いらない」

「そう……」

騎士団随一の剣の腕と評されるネイトが言うのだから、きっと大丈夫だろう。

ため込んでいた息を吐き出せば、ぽんぽんと彼の左手が髪を撫でてくれた。

「俺は大丈夫だが、こっちの馬車を確認しないとな」

「あっ、そうね」

ネイトが無事ならば、次に問題となるのはこの立派な馬車だ。

もしネイトの言ったことが本当で、魔物に襲われていたのならただごとではない。

先に覗いた御者台には、うずくまって震える男の姿が見てとれた。怯（おび）えてはいるが、ざっと見た感じ怪我はなさそうだ。

（御者は……一応、無事そうね）

同じく、二頭いる馬も息は荒れているが、こちらも傷などは負っていない。暗がりで見てもわかるほど、手入れの行き届いた立派な馬だ。

残りは客車に乗っているであろう人物のみ。

「……あの、大丈夫ですか？」

なるべく優しい声を心がけてノックをすると、すぐに内側から人の動く気配がした。

「開けるぞ」

ネイトも声をかけてから、勢いよく扉を引き開く。

……座席の足元には、華奢な人間が一人座り込んでいた。

「あなたは……！」

その人物を見た瞬間、ユフィとネイトの声が重なる。うずくまっていたのは、とても美しい女性だった。

夜闇でも光り輝くブロンドの髪と、柔らかな琥珀色の瞳。白磁のような傷一つない肌に刻まれた顔立ちは〝神が創った至高の芸術〟とまで評される絶世の美貌だ。

（ご本人を拝見するのは初めてだけど……）

ユフィも彼女のことはよく知っていた。正確には、よく聞かされていた。

それはもう、社交界で知らぬ者などいないとされる……ネイトと並ぶ有名人だ。

「ジュディス様……ですよね？」

美女の名前は、ファルコナー侯爵令嬢ジュディス。

今もっとも勢いのある貴族と言われるファルコナー侯爵家の長女であり、〝淑女の中の淑女〟として皆が憧れる存在である。

馬車の造りから高位貴族だろうとは思っていたが、まさかこんな大物が現れるとは驚きだ。

（容姿を褒める噂なんて、ほとんどが大げさなものだけど）

ジュディスについては、噂よりもはるかに美しいのもまた驚くところだ。普段からネイトと顔を合わせているユフィでさえ、つい見惚れてしまう。

……だがそれも、彼女の長いまつ毛が涙に濡れて震えていることに気づくまでだ。

ジュディスがこの立派な馬車に乗っていたのなら、つい先ほどまで魔物に襲われていたということ。そんな恐ろしい思いをしたばかりの女性に好奇の視線をぶつけるほど、ユフィも非常識ではない。

「お怪我はありませんか？　ジュディス嬢」

「ええ、なんとか……。あなたは、ネイト・セルウィン様、かしら？」

「はい、ご覧の通り騎士団に務めております、セルウィンです」

よろめきながら立ち上がろうとするジュディスを、ネイトのたくましい腕が支える。

こうして美男美女が並ぶと、もう絵画のようだ。そんな状況ではないと思ったばかりなのに、つい目を奪われてしまう。

ネイトの男らしい体と華奢なジュディスがあまりにも対照的で、色っぽさを感じてしまうほどだ。

「ユフィ、御者の様子はどうだ？　馬車は任せられそうか？」

「えっ⁉　い、今見てくるわ」

ぼうっと魅入っていたら急に絵画の片割れに呼ばれて、ユフィは慌てて御者台を覗きに向かう。

御者の男はなおもガタガタと震えながら、自分の肩を必死に抱き締めて座り込んでいた。よほど怖い思いをしたのだろう。

「兄さん、あの人に馬車を動かすのは難しいと思うわ。とても怖がってる」

「そうか……かといって、こんな森に長居をするのもな」

その旨を伝えれば、ネイトは長い指で顎をさすって考え始める。

座席から一度外へ降りたジュディスも、まだ具合が悪そうだ。

「……ユフィ、すまないがこちらの馬車に乗って、彼女を支えてくれないか？」

少し待って、ネイトが出した提案はごく自然なものだった。

立派な馬車なのでクッションの質も良いだろうが、それでも馬車はどうしたって揺れるものだ。小娘一人でも、支えられるものがあれば多少は楽だろう。

「本当はもう少し休ませてやりたいが、また魔物が出ないとも限らないからな」

「私でよければもちろん構わないわ。ジュディス様、ご一緒してもよろしいですか？」

「……お願いしたいわ。ありがとう」

ユフィがジュディスに近づけば、弱々しいながらに笑みを浮かべて応えてくれる。

傍で見た彼女の顔はますます美しくて、うっかりため息が出てしまいそうだ。

「動けない御者は、俺たちの馬車に乗せていこう。こちらの馬車は俺が動かす。ジュディス様、目的地はファルコナー侯爵家のお屋敷で大丈夫ですか？」

ネイトが続けて提案すれば、ジュディスもまた頷いて返す。

「兄さん、馬車を動かせたの？」

「馬も馬車も騎士の必修技能だ。なるべく気をつけて走らせるが、彼女を頼むぞユフィ」

「わかったわ」

いつもユフィを過保護にするネイトに『頼む』なんて言われるのは、新鮮な気持ちだ。

ユフィがしっかりと首肯を返すと、ネイトは震える御者を手早くユフィたちの馬車へ乗せて、自身は慣れた手つきで御者台の手綱(たづな)をとった。

「ジュディス様、動けますか？　必ずお屋敷までお届けしますから、もう少し頑張ってください」

ユフィは宣言通りジュディスの体を支えながら、ゆっくりと座席へ戻らせる。

彼女が座るのを確かめてから、向かいではなく隣に座って肩を引き寄せると、細い体が弱々しくもたれかかってきた。

「本当に、ごめんなさい……セルウィン伯爵家のユーフェミアさん、でよかったかしら？」

「自己紹介はまたの機会にさせていただきます。今はお休みください」

「ありがとう……」

ほう、と小さな唇から息がこぼれて、ジュディスはそのまま静かになる。

姿勢が安定したのをもう一度確認してから壁を叩けば、ネイトとユフィたちの御者が操る二台の馬車が一緒に走り始めた。


森から馬車を走らせることしばらく。

二台が並走しながら辿(たど)りついたファルコナー侯爵邸は、貴族の邸宅が並ぶ区画でもひときわ大きな庭を備えた豪邸だった。

これでタウンハウスだというのだから、この家の強大さが窺えるというものだ。

「お嬢様！」

見慣れぬ馬車が並走してきたことで、侯爵邸の使用人たちは慌てて庭へ飛び出してくる。

しかし、侯爵家の馬車を動かしているのが騎士だと気づくと、すぐに何かあったと察して、警戒ではなく心配した様子へと変わっていった。

夜会では嫌な意味で目立ってしまったが、今はネイトが目立つ純白の騎士制服を着ていたことに感謝をしたいところだ。

「ジュディス様、侯爵邸につきましたよ。動けますか？」

完全に停まったのを確認してから、ユフィはゆっくりとジュディスの肩を揺する。

よほど疲れていたのだろう。うっすらと目を開いたジュディスは、ぼんやりしたままの表情で、ユフィの手に触れてきた。

「本当に……ありがとう。このお礼は、必ず……」

「ユフィ」

彼女が言い終わる前に扉が開き、その先にはネイトと侯爵邸の者たちが待ち構えている。

彼らの手には担架が用意されているので、このまま任せたほうがよさそうだ。

「お願いします」

慎重にジュディスを寝かせると、使用人たちは何度も頭を下げながらジュディスを運んでいった。

ユフィたちの馬車で連れてきた御者も、同じように肩を貸されながら去っていく。

……突然大変なことに巻き込まれてしまったが、二人とも無事に送り届けられたようだ。

「よかった……」

思わず声をこぼせば、ネイトの大きな手がユフィの頭を自分の胸に引き寄せる。

「協力してくれてありがとう、ユフィ」

彼こそ、戦闘をした後に馬車を動かしていたのに、疲れを微塵も感じさせない。しっかりとした手つきに、思わず安堵の息がこぼれた。

「もとはと言えば、あの馬車を見つけてしまったのは私だもの」

「ああ、そうだな。ユフィが見つけてくれたから、侯爵令嬢を助けられたんだ」

ぽんぽん、と。さも良いことをしたように労われると、胸の奥が温かくなる。

久しぶりに感じた『体質』はやはり恐ろしかったが、それでも、ネイトに伝えられてよかった。追ってもらってよかった。

……ネイトが、一緒にいてくれてよかった。

「助けてくれてありがとう、兄さん」

夜会では散々だったけど、と言いたい気持ちは抑えて労い返せば、吐息だけの笑いが頭上から聞こえてくる。

本当に、無事に済んでよかった。

(……それにしても、魔物だなんて)

安堵する胸の奥に、じわりと不安もにじんでくる。

ユフィたち一般人は、魔物がどういうものなのかも詳しく知らない。

悪魔のなり損ないと言われている恐ろしい異形の化け物、わかっているのはそれだけだ。

もしも、ジュディスの馬車を襲っていたのが本当に魔物なら……王都の中に、化け物が出没したということだ。

「…………」

言葉にできない恐怖にぶるりと身を震わせれば、またネイトが髪を撫でてくれる。

ユフィの傍には、騎士団で一番強いと言われる彼がいてくれる。そう思えば、少しだけ怖さが和らぐ気がした。


暗い暗い空の下。

月は雲に隠れて、おぼろげな星だけが人々を照らしていた。

2章　忙しい兄と婚活したい妹

翌朝、少々寝不足の頭を抱えてユフィが起床した頃、父伯爵のもとへとんでもない報せがやってきていた。

「えっ⁉　ファルコナー侯爵閣下が⁉」

朝食を終えてすぐに書斎へ呼ばれたと思えば、ユフィに告げられたのは昨夜出会ったばかりの令嬢の家の名前だ。

夜が明けてすぐに手紙が届き、次にユフィが朝食をとっている間に、わざわざ使者が来ていたらしい。

執事がずいぶんバタバタしているとは思ったが、訪問者が侯爵家の使者なら当然だ。

さらに、その使者が持ってきた報せの内容も驚きである。

「ああ、そうなんだ。昨夜の一件について、侯爵閣下自ら出向いて礼をしたいのだと……」

そう、まさかの訪問願いだ。

それも、当主がわざわざ出向くなど、異例としか言いようがない。こういった場合、普通は立場が下のユフィたちがあちらへ招待されるなどして出向くものだ。

爵位を継いだばかりの若者ならばあるかもしれないが、現ファルコナー侯爵は爵位を継いでからずいぶん経つし、ユフィの父よりも年上である。

政の中枢を担うような人物が、じきじきに礼に来るなど……もしや、何か問題があったのかと疑ってしまう。

「使者殿の話では、ネイトのほうにも連絡が行っているそうだよ。多分、午後になったらこっちに帰ってくるんじゃないかな」

「そりゃあ、本当に侯爵閣下がいらっしゃるなら、ね……」

昨夜の一件を一番理解しているのは、実際に戦ったネイトだ。確認にしろ何にしろ、彼がいなくては話にならない。

それに、もしも本当に魔物が出たのだとしたら、騎士団の管轄になる。

最強と謳われるネイトが動くのは、ある意味当然だろう。

「何が起こっているのか私にはわからないけれど、我が家としては断るという選択肢がまずない。ユフィも今日の予定は後日へ回して、準備をしてくれるかい？」

「わかりました、お父様」

裾をつまんで一礼すれば、父は笑いながら控えていた執事と話し始めてしまった。若干疲れたように見えるのも、多分見間違いではないだろう。

（私もすぐに着替えなくちゃ。でも、本当にいらっしゃるのかしら）

昨夜からおかしなことが続いていて、つい気持ちがモヤモヤしてしまう。

突然蘇ったユフィの体質に、魔物に襲われていた有力侯爵家の令嬢。なんの繋がりもないようでもあり、何か意味があることのようにも感じられる。

一体何故、王都に魔物なんてものが突然現れたのか。ここで、〝何か〟が始まっているのか。

（……考えても仕方ないいか。私は兄さんみたいに戦えるわけじゃないしね）

むしろ、ユフィは婚活すら失敗続きの残念な令嬢だ。

皆が憧れるジュディスに、昨夜のような緊急事態以外で協力できることもない。

「私は大人しく従いましょう。モリー、支度をお願いしてもいいかしら？」

「はい、お嬢様」

書斎を出れば、廊下で待っていたモリーがすぐに答えてくれる。

ユフィの侍女は、今日もとてもきれいだ。彼女なら、ジュディスと並んでもあまり劣等感を覚えずに済むかもしれない。

（って、またつまらないことを考えてしまったわ）

どうにも昨夜見たネイトとジュディスの姿が、目に焼きついてしまっているようだ。そんなのんきなことを言っていい状況でもなかったのに、美形が二人並んだ様子は本当に艶やかで美しくて

——お似合いだった。

それこそ、ほどほどな容姿のユフィなどが、入る隙間もないぐらいに。

（馬鹿なことを考えちゃった。行こう……）

それから支度を終えて、昼を回る頃にはネイトも帰ってきた。

今日はユフィの顔を見に来たなんて理由ではなく、ちゃんと上司から命じられて、仕事としての帰宅だそうだ。

「ユフィのところへ帰ってこられるのは嬉しいが、面倒なことになったな」

「前半はどうでもいいとして、やっぱり魔物が絡むような話なの？」

「ああ、それも面倒なんだが、襲われた相手がファルコナー侯爵令嬢というのが厄介でな」

ネイトは眉間に深い皺を寄せて息を吐く。確かに、今一番力のある貴族の子女が襲われたとなれば一大事だ。政治的な思惑なども、絡んでくるのかもしれない。

街の治安維持も担っている騎士団としては、頭の痛い話だろう。

「しばらく平和だったのに、今になって問題が起こるなんて……俺も無視できる立場じゃないしな」

がしがしと、ネイトにしては珍しく、荒っぽい仕草で首の後ろをかく。詳しくはわからないが、騎士団では想像以上に面倒な話になっているようだ。

「兄さん襟がめちゃくちゃになるわよ。もう侯爵閣下がいらっしゃるかもしれないのに……ほら、動かないで」

だが、いくら面倒ごとでも、相手は格上の貴族当主だ。乱れた格好で対面するわけにはいかない。

ユフィが皺になった襟に手を伸ばせば、ネイトは一瞬だけ驚いた後、すぐにかがんで首を差し出してきた。

「これでよし。はい、格好いい騎士様完成」

「ん、ありがとうユフィ」

皺を伸ばして整えただけなのに、ネイトは幸せそうにニコニコと笑っている。つくづく、兄バカが極まった男だ。

(それにしても、大きいなあ……)

かがんでもらってやっとちょうどよくなるほどの身長差に、少しばかり寂しくなってしまう。普通に並べば、ユフィの頭は彼の肩よりも少し下だ。

騎士として鍛えているのもあって、ネイトは肩幅も胸板もしっかりしているし、腕や足のたくましさも笑ってしまうぐらいにユフィと差がある。

「ん？　どうした、ユフィ」

「いや……兄さんは大きくてたくましいなあって」

「はは、今更だな。ユフィはきれいなおにいちゃんが好きなんだろう？」

何気なく言っただけなのだが、ネイトはそれが嬉しかったらしい。

ふわりと、もはやこの世のものとは思えないほど、艶やかで美しい笑みを向けてきた。

「っ⁉」

不意打ちがすぎて、ユフィは突然の色気の暴力に言葉を失うしかない。心臓は跳び上がるように激しく脈打ち、体中が熱くてたまらない。

「な、何を自分で言ってるのよ……」

「ユフィのために鍛えた体なのだから、喜んでくれないと困る」

戸惑うユフィなどお構いなく、ネイトはかがんだままの姿勢で腕をこちらに伸ばすと、ひょいとユフィの体を抱き上げてしまった。

「わっ、兄さん⁉」

「ユフィは昔から軽いな。小さくて可愛い、俺のお姫様だ」

「小さくて悪かったわね！　恥ずかしいから、下ろして！」

いい年をした大人が何が楽しいのか、ネイトはそのままくるくると回り始めるものだから、ますます困ってしまう。

しかも、横抱きではなく縦抱きだ。一体どれだけユフィを子ども扱いするつもりだろう。

「兄さん離して！　顔も近すぎ！」

「いいじゃないか。俺の顔も嫌いじゃないだろう？」

「ちょっと‼」

ユフィは離れようと必死に抵抗しているのに、ネイトは余計に整った顔を近づけてくる。

瞳に映る自分の顔が見えてしまいそうなほどに近づけば、意図せずとも鼓動が高まってしまう。

過保護をやめて欲しいのももちろんだが、ネイトはまず自分の顔立ちがとんでもなくきれいだということを自覚して欲しい。……いや、きっとわかっていてやっているのだろうが。

「に、兄さん、いい加減に……っ」

「おお、セルウィン卿のご兄妹(きょうだい)は仲が良いとは聞いていたが、本当のようだな」

「きゃあっ⁉」

——そして、このタイミングで恐れていた来客が訪れてしまった。

慌ててネイトの腕から逃れれば、そこには口ひげを蓄えた威厳のある男性が、微笑ましそうにユフィたちを見ている。

隣で同じようにニコニコと笑っているのは、昨夜も会った絶世の美女ジュディスだ。

今日はドレスではなく深緑色のワンピースと同色のケープという質素な装いだが、もとが良いので充分すぎるほどに輝いて見える。

……なお、彼らの後ろに立つ自家の使用人たちが、真っ青な顔をしているのは言うまでもない。

「お、お見苦しいところをお見せして申し訳ございません、閣下」

「なに、気にしないでくれ。こちらが無理を言って訪問させてもらったのだ。むしろ、邪魔をしてしまってすまないね、騎士殿」

「いえ、慣れておりますので」

(そこはちゃんと謝って兄さん‼)

自分よりも早くから社交界に触れていたはずなのに、ネイトは時折こういう態度をとるから本当に困る。

侯爵に見えない角度からネイトの足を蹴り、ユフィはさっと淑女の姿勢をとった。

「痛い……」

小さく呟くネイトは、今はさくっと無視だ。

「改めまして、ようこそお越しくださいました、侯爵閣下。ジュディス様。すぐに応接室にご案内させていただきますね」

「ああ、よろしく頼むよ」

何事もなかったかのように笑みを張りつけて、さくさくと父が待つ応接室へ案内する。疑問符を浮かべたままのネイトも、そのまま一番後ろに続いてきた。


「……さて、改めて礼を言わせて欲しい。昨夜は私の娘を救ってくださり、本当にありがとう」

応接室に到着し、待っていた父伯爵が挨拶やらお茶出しやらを済ませた後。

真っ先に侯爵がしたのは、ソファを立っての深い礼と感謝だった。

もちろん、娘のジュディスも同じように立ち、頭を下げてくる。

「お、おやめください閣下！　どうか頭を上げて……」

「いや、今回ばかりは本当に命が危なかったのだ。ジュディスを救ってくれた卿のご子息とご息女には、なんと礼を申し上げて良いものか……！」

すぐさま止めた父に対しても、侯爵は譲らず、もう一段深く頭を下げ直す。

『今回ばかりは』という辺り、ジュディスが襲われたのはこれが初めてではないということだ。

(ジュディス様は本っ当におきれいだものね。お家のこともちろんだけど、彼女自身にも価値がありすぎるわ)

ジュディスはユフィより二つだけ年上の十八歳なのだが、ユフィよりもはるかに大人びていて、落ち着きもある。

それに加えて、この並外れた美貌である。昨夜森で見た時にも美しいと思ったが、こうして明るい時間に見る彼女は、もう神々しさすら感じられるほどだ。

金色の髪は絹のように艶やかで、まつ毛が縁取るアーモンド型の琥珀の瞳は、まさに宝石そのもの。染み一つない白い肌の上には、筋の通った鼻と小さな唇が完璧な配置をされており、頬に差すわずかな薔薇色がまた色っぽさを感じさせる。

(人間じゃなくて、地上に降り立った天使か女神のほうが絶対しっくりくるもの)

そんなジュディスなので、恋しさのあまり攫ってしまいたいと考える気持ちもわからなくない。

十年前の誘拐事件以降は、何事もなく平穏に生きてきたユフィとしては申し訳ないぐらいだ。

とりあえず、父の再三の願いで二人はソファに腰を下ろしたのだが、沈痛な面持ちの彼らから聞いた現状は、あまり芳しくなかった。

ジュディスはやはり、これまでに何度も狙われており、侯爵家でも護衛をより増やそうと準備を進めていた矢先に、昨夜の事件が起こってしまったのだそうだ。

「まさか、魔物に襲われるなど……」

額を押さえて俯く侯爵に、ユフィたちはなんと声をかけたらいいのかわからない。

(政敵からの嫌がらせや、ジュディス様の魅力にやられた不届き者だけでも数が多そうだもの。そこに魔物なんて化け物まで加わったら、それは嘆きたくもなるわよね)

美しすぎるというのも、また大変そうだ。まあ恐らく、魔物はジュディスの美しさに惹かれたわけではないと思うが、問題には違いない。

「……魔物をけしかけられる者がいるなど、私も聞いたことがありませんでした」

（うん？）

だがここで、侯爵の口から出た言葉に、ユフィは目を瞬いた。

まず、ユフィたち一般貴族には、魔物というものの詳しい情報はない。恐ろしい異形の化け物だとしかわからないのだ。

だが、侯爵は昨日の襲撃は決して偶然ではなく、〝誰かが魔物に馬車を襲わせた〟のだと確信しているような口ぶりだ。彼は魔物について、ユフィたちよりも詳しい情報を得ている、ということなのだろうか。

（き、気になるけど、私が聞いてはいけない話よね、これ）

ちらりと周囲を窺い見るが、ユフィ以外は誰もその点を気にしてなさそうだ。もしや、ユフィが無知なだけなのか。困惑と疑問が、頭の中をぐるぐると巡っていく。

「……失礼ですが、ジュディス嬢。あなたはこのところ、防犯のために外出を控えてらっしゃるとお聞きしたのですが」

そんなユフィを誰も気にせず、今度はネイトが問いかけると、ジュディスは美しい顔に憂いを浮かべながら頷いた。

「はい、絶対に必要な用事以外は外に出ないように心がけております。ですがその、昨日は王城に呼ばれておりましたので……」

「ああ、なるほど。それは断れませんね」

申し訳なさそうに俯く彼女に、ネイトも肩をすくめてみせる。さすが侯爵令嬢ともなると、名指しで王城に招かれることもあるらしい。

ユフィも社交界デビューの際に一度だけ大ホールに入ったことがあるが、世界が違いすぎて『とんでもなくきれいなところだった』という曖昧な記憶しか残っていない。

それはさておき、年若い令嬢が外出を自粛するなど相当のことだ。

ジュディスも今は社交にもっとも力を入れたい年頃だろうに……地位の高さや美しさというのは、時に諸刃(もろは)の剣である。

「騎士殿。あなたには、騎士団のほうから連絡がいっていると聞いたのだが」

「はい、伺っております。今日の俺は、そういう目的も兼ねて同席しておりますので」

侯爵が目配せをすると、父とネイトが席を入れ替わり、ネイトが彼らの対面に座る形になる。

すがるようにじっと見つめる親子に、ネイトは姿勢を正すと、かしこまった口調で話し始めた。

「今回の一件を鑑みて、我々騎士団からジュディス嬢の護衛を選出するように〝仰せつかって〟おります。魔物まで出てきたとなると、いくら侯爵閣下とはいえ一貴族にお任せしてよい話ではないので」

「それは……だが」

「正直に申し上げますと、閣下が私兵を増やすのも問題なのです。護衛のための増強であり、他意はないと我々は存じておりますが、自衛手段を〝王家への叛意(はんい)〟などと嘯(うそぶ)きたい者はごまんとおりますので。我々としては、止めざるをえないのです」

「…………」

ネイトの淡々としたもの言いに、侯爵も口をつぐんで俯いてしまう。

ファルコナー侯爵は、今の政の中枢を担う人物だ。その失脚を狙う者は、それはもう数えきれないほどいるだろう。

そういう者たちにとっては、ジュディスが襲撃されたことも護衛のための増兵も、全て〝貶める材料〟になってしまう。侯爵の握り締めた手から、骨が軋むような音が聞こえた。

「ジュディス嬢は、我々にとっても〝大切な女性〟です。もちろん俺も、最大限の協力をさせていただきます」

「……騎士殿、それは」

「はい閣下。俺は〝知る者〟です。どうかご安心を」

「おお……！」

しかし、ネイトが口にした次の一言で、侯爵はぱっと顔を上げると、安堵したように頬をゆるめた。侯爵にとって、それは朗報だったようだ。

（ど、どうしよう。私、ここにいていいのかしら？）

一方で、先ほどから飛び交う意味深な言葉を何も知らないユフィは、どうにも居心地が悪い。

一応、昨夜一緒にいた人間ということで同席させてもらっているが、話の中心はやはりネイトであり、父伯爵すらもいまいち要領を得ないような顔つきだ。

魔物のことにしても、ファルコナー侯爵のことにしても、もし国家の機密に関わるような話をしているとしたら、正直困ってしまう。

（それに、兄さんが今、ジュディス様を大切な女性って……）

我々、と言っていたので騎士団の総意ということだろうが、なんとなくモヤモヤとした気分になってしまう。

ネイトとジュディスが美男美女で、完璧な二人に見えるからかもしれない。『妹』のユフィには、関係のないことなのに。

「騎士団最強のネイト殿がこちらについてくれるのならば、たいへん心強い」

「はい。ですが、今回の一件につきましては、俺も下心がありまして……ユフィ」

「あ、はいっ！」

難しい話の中に急に自分の名前が出て、思わず声が裏返ってしまった。

誤魔化すようにネイトを見れば、彼は困ったように笑っていた。

「すまないが、ここから先は機密に触れる。ユフィは席を外してもらえるか？」

「あ……わかったわ」

——なるほど、ここまでか。

ここまでもなんの話をしていたのかサッパリだったが、やはり一貴族令嬢が聞いてはいけない内容だったようだ。

……ジュディスは残るのなら、彼女には関わりがある話なのだろう。

「閣下、失礼いたします」

「ああ、ユーフェミア殿。また我が娘と話をしてやってくれ」

深く頭を下げたユフィは、あくまで淑女らしい動作を心がけて……応接室を出た。

「…………はあ」

何、というわけではないのだが、なんとなく面白くない気分だ。

（仕方ないわよ。私はなーんにも関係ないもの）

もちろん、機密を知りたいなんて大それた願いは持っていない。

ただ、ネイトがユフィに対して隠しごとをしているのが、ほんの少しだけ面白くないような気がしなくもない。

（人間じゃないし兄バカだけど、兄さんは優秀な騎士でもある。お仕事の話っぽいし、私に言えないことの十や二十ぐらいあって当然よね）

そう、ユフィだってわかっている。でも、モヤモヤしないかといえば、それはまた別だ。事情を理解しても、割り切れない感情はどうしたってあるのだから。

――結局、侯爵たちは二時間以上じっくりと話してから、セルウィン邸を去っていった。

彼らに続くようにネイトも馬を駆り、騎士団の詰め所へと出かけていく。今日はこのまま直帰ではなく、内容の報告までが任務だったようだ。

夜会の予定も入れていなかったユフィ一人だけが手持ち無沙汰のまま、なんだか慌ただしい一日は幕を下ろした。

＊＊＊

「なんかね、兄さんがこれから忙しくなるんですって」

――その翌日。季節の花が咲き誇る美しい庭にて、ユフィは大きなため息をこぼした。

ため息をつくと幸せが逃げるというが、それが本当ならユフィの幸せはもう残っていないだろう。

「まあ、騎士も大変な仕事だからな。仕方ないだろ」

愚痴っぽいユフィに苦笑を返すのは、焦げ茶色の髪と目を持つ同じぐらいの年の青年だ。その隣には、亜麻色の長い髪を背に流す、色っぽい女性も座っている。

ここは、ユフィが住んでいる屋敷からほど近い場所に建つ、ハースト伯爵家のタウンハウスだ。

セルウィン伯爵家とは領地がお隣同士という間柄の上、両親同士の仲も良いため、幼い頃から長く交流がある。まさか王都の別邸までご近所だとは思わなかったが、きっと何かしら縁があるのだろう。

「仲が良いのは結構だが、お前たちはどっちも兄妹離れを考えるべきかもな」

快活に笑って応える青年は、このハースト伯爵家の嫡男のイアン、彼の隣に座っているのが婚約者のベリンダだ。

ご近所付き合いも兼ねて二人とはよく夜会に一緒に参加しており、特に幼馴染みのイアンは、性別を超えた友人である。

……残念ながら、婚約者がいる者といない者という、決定的な違いはあるが。

「しっかし、ジュディス様にトラブルねえ」

イアンの軽い口調に、ユフィは小さく頷く。

昨日侯爵たちが帰った後、ユフィにも『これからジュディスに騎士が護衛でつく』ということは知らされている。

この件については緘口令を敷くでもなく、むしろドンドン広めて欲しいと伝えられたのだ。まあ、容姿が目立ちすぎるネイトが動く時点で、遅かれ早かれバレるのは間違いないが。

ファルコナー侯爵は、これが『国の指示であること』を知らしめて欲しいのだとも言っていた。

「オレも本人にお会いしたことはないんだよな、ジュディス様。どうだった？」

逆に、魔物については無用な不安を招くとのことで、他言しないように厳命されている。

「どうって、噂通りの絶世の美女だったわよ。きれいすぎて眩しいぐらいの、これぞ恋愛小説のヒロインって感じ」

「へえ……同性のユフィが言うなら、相当だろうな」

正直に感想を伝えれば、イアンは興味深そうに頷いたが『会いたい』とは言わない辺りがさすがである。

何せ隣には、彼の婚約者が座っているのだ。幼馴染みのユフィから見ても二人の仲は良好なので、つまらない話題で波風を立てるつもりはないのだろう。あるいは、本当に興味がないか。

「なんというか、本当にきれいな方でね」

「おう」

「……浮いた話ゼロの兄さんも、さすがにあれだけの美女には惹かれたんじゃないかなーとか」

ぼそっと呟いて、ユフィは一気に紅茶を飲み干した。

白くてきれいなお人形のようなジュディスと、黒くて異国風の美しさを持つネイト。

白黒はっきりしすぎている二人だが、誰が見ても美男美女であることは間違いなく、並ぶとたいへんよく似合っていた。

日々夜会にエスコートしてもらっている、妹分のユフィよりも絶対に。

「いや、あのネイトさんに限ってそれはないだろ」

しかし、イアンは呆れた表情で真っ向から否定してきた。

焦げ茶色の目はいやに細められて、ユフィを馬鹿にしているようにも見える。

「イアンはジュディス様を見ていないから、そんなことが言えるのよ」

「いやー、どんな絶世の美女が出てきても、ネイトさんは揺らがないと思うぞ？　ベリンダがいるオレだって、何度睨まれたと思ってるんだ」

「そうなの？」

それは初耳だ。

イアンとはずいぶん長い付き合いになるが、お互い友人としか思っておらず、そういう対象だと思ったことは一度もない。

ベリンダとの婚約が決まった時だって、ユフィは心から喜び、お祝いを贈ったものだ。

「性別が男ってだけで、あの人にとっては全てが敵だからな。不安に思うかもしれないけど、この一点だけは、ユフィは自信を持っていいと思う」

「この一点って、兄さんからの過保護について？」

「過保護というか……まあ、うん」

歯切れの悪い言い方をしながら、イアンはすいっと目を背けた。

その過保護のせいで婚活全敗中だというのに、一体何に自信を持てというのだろうか。

「ねえ、ユフィ。ネイトさんが忙しくなるのはいつからなの？」

ふいに、今まで黙って聞いていたベリンダが訊ねてくる。

昨日の内にネイトに話が来たのは、早々に王家直属の騎士団を動かすためだろう。ということは、恐らくもう護衛隊の編成や指示は終わっているはずだ。

そうでなければ、昨日の話し合いの後、ネイトが戻った意味がない。

「多分、もう今日から忙しくなってると思うわ」

「だったら好機じゃない？　あの人がいない内に、婚活を頑張ればいいじゃない」

「…………」

――それもそうだ。

何故こんなに大事なことを見落としていたのか。ネイトが忙しくなるということは、ユフィのパートナーなどやっているヒマもなくなるということ。

素敵な出会いを探しに行く、絶好の機会ではないか。

「どうして一番肝心なことを忘れていたのかしら。そうよ、その通りだわ！　ありがとう、ベリンダ！　すぐに出会いがありそうな夜会を厳選しなくちゃ!!」

「お役に立てたならよかったわ」

モヤモヤした気分から一転、完全に婚活用の頭に切り替わったユフィに、ベリンダは艶っぽく微笑んでくれる。

彼女の実家は子爵家なのだが、事業をいくつも成功させているやり手の家系なのだ。やはり、着眼点が腑抜けたユフィとは違う。

「今日はご招待はなかったはず……いえ、探せば何かあるかも。一番近い夜会はいつだったかしら。ああ、早く帰って確かめないと」

「まあ、ユフィが元気になったならよかったけど、あんまりはしゃいで危ないところに参加しないようにな。最近は、王都の近くにまで魔物が侵入してきたなんて噂もあるし」

「……え？」

ベリンダのおかげで浮かれた心が、一瞬で冷えた気がした。

ユフィは何も言っていないのに、何故イアンが魔物の一件を知っているのだろう。

「ど、どういうこと？　魔物って？」

「ん？　最近よく聞く噂だよ。街の近くに小さい森があるだろう？　あの辺りで、魔物の目撃情報があるんだとさ。騎士団のほうで調査が進んでるってオレは聞いたけど、ネイトさんは何も言ってなかったか？」

「……初耳だわ」

魔物については黙っていなければならないユフィは、とっさに空っぽのカップを口につけて誤魔化しておく。

しかし、目撃場所までジュディスが襲われたところと同じというのは、偶然ではなさそうだ。もしかしたら、ジュディスの他にもあの辺りで襲われた者がいるのかもしれない。

それともまさか、一昨日（おととい）の襲撃を誰かに見られていた？

（いや、噂が広まるにしては早すぎるわ。私たちは黙っているように言われているし）

どくどくと速まっていく鼓動を、気づかれないように服の上から押さえつける。

イアンは黙ってしまったユフィが怖がっていると思ったのか、「悪かった」と軽く笑った。

「最強の騎士と暮らしてるユフィなら、心配はいらないだろう。だから、ネイトさんがいない時に変なところに行かないようにな。特に森の近くとか」

「え、ええ。気をつけるわね」

なんてことないように振る舞って、ユフィはイアンたちとの茶席を後にする。

街外れの森は比較的小さく、森林浴や野鳥観察で利用する者はいるが、貴族の娘が用もなく近寄るような場所ではない。ユフィだって、一昨日のことを思い出せば近づきたくはない。

「魔物か……やだなあ」

ぶるりと震えた腕を撫でて、慌てて馬車に乗り込む。

ネイトが傍にいなくなるとわかった矢先に、不穏な噂を流行（はや）らせないで欲しいものだ。

「せっかく、婚活を頑張れそうなのに……いいえ、やるしかないわね。魔物なんかに邪魔をされてたまるもんですか」

魔物は怖いが、行き遅れるのだって怖い。

動き出した馬車に合わせて、少しずつ気持ちを整えていく。

「大丈夫よ。別に兄さんなんかいなくたって、平気。いいえ、兄さんがいないからこそ、私は私の幸せのために頑張らなくちゃ！」

数分も経てば、もうユフィの屋敷の姿が見えてくる。

まずはもらっている招待状をあらい直して、日付の近い夜会を探すところからだ。

「さあ、私も忙しくなるわよ」

＊　＊　＊

イアンの屋敷でのお茶の席から数時間後。とっぷりと暮れた暗い空を前にして、ユフィは煌びやかなドレスの裾を翻した。

今日着せてもらったのは、明るい色を好むユフィがあまり手を出さない、濃い藍色のドレスだ。しかも、マーメイドラインと呼ばれる脚に沿った細身のデザインであり、かなり大人っぽいドレスである。いつもは下ろしたままの髪も、今日は後れ毛を少しだけ作って、あとは結い上げてもらった。

「はあ……お嬢様きれいです。こういうドレスも似合いますね！」

「ありがとう、モリー」

支度をしてくれたモリーが、嬉しそうにため息をこぼす。きっと彼女のほうがこういうドレスは似合うだろうが、何事も挑戦が大事だ。

それに、思ったよりも悪くはない。

「やっぱり、普段と違うところへ行くなら、ドレスの雰囲気も変えてみないとね！」

できる侍女に笑いかけたユフィは、ピッと一通の封筒をとり出す。それは招待状ではなく、無作為に届く情報チラシのようなものだ。

――書かれている内容は、公共ホールを使用した招待状不要の夜会の案内である。

(ちゃんとお招きいただくものじゃないと駄目だって、兄さんから止められてたのよね)

だが、邪魔をするネイトは、今夜はいない。予想通り今日から忙しくなった彼から、帰りが遅くなると連絡が来ていたのだ。

それに、ユフィだって何にでも参加するほど馬鹿ではない。

今夜の主催はちゃんとした貴族が三家ほど連名しており、会場も国が認める公共ホールだ。注意事項も厳密に決められていて、下手な招待夜会よりもちゃんとしているぐらいである。

「たまにあるんですよ。こういう、新しい出会いを支援するための会が。ほら、新興の貴族の方なんかは、招待状を手に入れるのすら一苦労でしょうし」

「なるほど、色んな苦労があるのね」

そう考えれば、普通に招待してもらえるユフィなどはずいぶん楽だ。

ともあれ、新しい出会いと謳ってくれる場を逃す手はない。これから向かう夜会は招待状も不要だが、なんと同伴者や保護者も不要なのだ。

「パートナーがいない女性でも、普通に入れる夜会……なんて良心的なのかしら！」

「良心的かどうかはわかりませんが、お急ぎくださいませお嬢様。ぽやぽやしていたら、ネイト様が帰ってきてしまいますよ？」

「そ、そうね！　行ってくるわモリー。私の素敵な出会いを探しに！」

かくして、喜び勇んでやってきたのは、富裕層が住む区画の奥にある公共ホールだ。

さすがに管弦楽団を招いたり、目が眩（くら）むような装飾は施されていないが、入口には大きな飾り布が張られて、それっぽい雰囲気を作っている。

年齢などの簡単な確認と説明を受けて足を踏み入れれば、そこにはいつもの夜会とはまた違う、熱気のある光景が広がっていた。

（思っていたよりも人が多いわ……！）

ダンス用のスペースを作っていない分、会場全体が歓談に使われているようだ。等間隔に並んだ立食テーブルにはどこにも人がついていて、給仕役の数もずいぶん多い。

それに、集まっている人々もいつもの貴族たちとは違う。

何人か見知った顔も紛れてはいるものの、ほとんどが知らない顔であり、また誰もが貪欲に繋がりを求めているように見える。

装いから見ても、きっと貴族よりも成功している商人や実業家などが多そうだ。

「す、すごい……」

初めて見る光景に、ますます心が躍ってしまう。

ここなら、ユフィが誰なのかを知らない者のほうが多いだろう。より正確には、誰の妹なのかを知らない者が。

素敵な出会いの可能性もグッと高くなるはずだ。

「人が多すぎて目移りしてしまうわ。商談っぽいところにお邪魔してはいけないものね。どなたか、詳しい方はいないかしら……」

ついキョロキョロと周囲を見回してしまい……そんなユフィが珍しかったのだろうか。

「――こんばんは、可憐なお嬢さん」

「……っ‼」

早速背後から呼びかけられて、ユフィの心が喜びに染まっていく。……どこかで聞いたことがある声のような気もしたが、恐らく気のせいだろう。

(でも、可憐なお嬢さんって私のことよね！)

お世辞でも嬉しくなって、うきうきしながら背後を振り返る。

――しかし直後、心臓までもが完全に止められてしまった。

「お待たせ、ユフィ。一人で夜会に行ったら駄目だって言っただろう？」

「いやあああ‼　兄さんなんでいるのっ⁉」

さらりと揺れた黒い髪と、褐色の肌に浮かぶ艶めいた微笑みに……乙女の悲鳴が木霊する。

忙しいから帰りが遅くなるとわざわざ連絡を寄越したネイトが、何故この会場にいるのか。

驚きのあまり、思わず声を上げてしまったが――次の瞬間には、ユフィはぐっと足に力を込めた。

（嫌よ、今夜は邪魔されてたまるものですか！）

絶望を感じつつも、大急ぎで踵を返して前へ走り出す。

今夜の会場はいつもと違い、人がごった返しているのだ。ネイトのような目立つ容貌ならまだしも、ユフィのように小柄な女性が紛れてしまえば、見つからない可能性もゼロではない。

「だから、駄目だと言っているだろう？　危ないじゃないか、ユフィ」

「うぐっ⁉」

……もっとも、そもそもの逃走が上手くいかなければ話にならない。

腰に回されたたくましい腕に捕らえられて、足を動かしても空を切るばかりだ。

「いやあっ！　新しい出会いが……素敵な殿方が……」

「はいはい。……ああ、騒がせてすまなかったな。連れは引きとるから、楽しんでくれ」

少女を腕に抱えた珍妙なポーズであっても、美形の笑みには力がある。ましてや、有名すぎる最強騎士の笑みが人々に効かないわけがない。

誰もがネイトとユフィの正体に気づき、なんとなく距離をとっていく。女性の参加者は食い入る

ような視線をぶつけてきたが、声をかけてくる者は残念ながらいないらしい。

「さ、少し話そうか、ユフィ」

「私のことは放っておいて兄さん！　ちゃんと仕事してきてよ！」

「仕事が終わったから俺はここにいるんだよ。ほら、いい子だからおいで」

胴体を搁まれていては逃げる余地もなく、ユフィの体はずるずると会場から連れ出されてしまう。

向かった先は、同じ施設内の中庭の一角だ。

貴族の夜会だと庭には出られなかったり、あるいはよろしくない意味で使われることもあるのだが、ここでは普通に開放されているらしい。

ただやはり、会場内よりはだいぶ人気も少なく、頬を撫でる夜風が心地よい。

「まったく、招待されたもの以外は駄目だと言ったのに。どうしてここにいるんだ、ユフィ？」

庭の隅に設えられたベンチにハンカチを敷きながら、ネイトがゆっくりとした口調で問いかけてくる。いつもより声が低いので、怒っているのかもしれない。

「……今夜は、兄さんがいないから」

ハンカチの上に強制的に座らされたユフィは、そのまま顔を俯かせてしまう。

実際のところ、こういう場に参加するのは『悪いこと』ではない。はしたないと思う者も多少はいるらしいが、大抵は考え方の古いご老人だけだ。年頃の者たちの間では、率先してこういう場に参加し、縁を作るほうが良いとさえ思われている。

それに、ユフィが好む恋愛小説でも、こうした普通とは違う夜会こそが、出会いの場としてよく描かれている。そこから始まる素敵な恋に憧れるのは普通だろう。

なのに、ネイトに怒られると、ついユフィが悪いかのように感じてしまう。

「父上は家にいただろう？　俺がいない時は、パートナーをお願いしてあったはずだ。そもそも、ユフィ命のあの方が、お前を一人で行かせるとも思えないんだが」

「お父様もすごく忙しそうだったから、モリーたちに協力してもらって、こっそり……」

「行き先を言わずに来たのか⁉」

ユフィが渋々今夜のことを話すと、ネイトが勢いよく詰め寄ってきた。魔物と戦った時よりも、よほど焦った表情で。

「ちゃんと皆には伝えたし、お父様に手紙も残してきたわよ！　行き先も帰る時間も書いたわ」

「そういう問題じゃない！　お前は本当にもう……」

はああ、と、ひときわ大きなため息をつくと、ネイトは荒っぽい仕草で隣に座った。

途端に大きく揺れたベンチにビクッとしてしまったが、ネイトはそれ以上は何も言ってくることもなく、やや苛立たしげに前髪をかき上げている。

（うっ。こんな仕草すら色っぽいなんて、ずるい……）

ちらっと覗き見た姿に、思わずときめいてしまった。お説教の最中すらもこう思わせるなんて、どれだけ罪作りな男なのだろう。

「…………」

周囲の話し声をぼんやりと聞きながら、ユフィはネイトが口を開くのを待つ。

説教なんて待ちたいものでもないが、ユフィからは話しかけにくいので待つしかないのだ。

（兄さん……）

何分か。ひょっとしたら、何十秒かだったかもしれない。

「やっぱり、檻を買うべきか……いや、手錠で俺に繋いでおけばいいのか？」

「はっ⁉」

ぼそりと聞こえた耳を疑うような単語に、ユフィはがばっと頭を跳ね起こした。檻も手錠も、日常会話で出てくるようなものではない。

「え？　待って兄さん……な、なんて？」

「さすがに冗談だ。できるならそうしたいが、俺も仕事があるからな」

――それはもう、過保護を通り越して犯罪では？

とつっこみたかったのだが、ユフィの口から出たのは乾いた笑いだけだった。……ネイトの目が笑っていないので、もしかしたらもしかするのだろうか。

騎士という高潔な職についているのだから、監禁は冗談でも考えないでもらいたい。

「まあ、それぐらいユフィのことが心配でたまらないということだ。わかってくれるな？」

「わかりたくないんだけど……檻も手錠も嫌だから、ごめんなさい」

「よろしい。これからは、ちゃんとパートナーを連れて動くように。一人参加は確かに罪ではないが、可愛い女の子が夜に一人で動くことの危険性ぐらいはわかるよな？」

「それはそうだけど……」

諭すようにネイトが語る内容は正論ではあるが、夜に一人で出歩くのと、馬車送迎で夜会に参加するのでは、全く意味が違うはずだ。……ましてや。

（一人で動かざるをえない状況を作っているのは、あなたなんだけどね！）

ネイトがごく普通の『血縁者パートナーの距離感』を守ってくれさえすれば、必要のない苦労なのだ。いつもの夜会で出会いがあるなら、ユフィだって無茶はしない。

婚活を邪魔する張本人にお説教をされるなんて、なんとも皮肉なものである。

だが、それをネイトに言ったところで聞いてもらえないのはわかりきっているし、このお説教も終わらない。

「はあ……」

ユフィが渋々……本当に渋々頷けば、ようやくネイトは顔を笑みへと変えた。この兄、本っ当に面倒くさい。

「なんで私、この人と十年も兄妹関係を築いてこられたのかしら……」

「何か言ったか？　俺の世界一可愛い妹さん」

「ナンデモゴザイマセンワヨ。というか、兄さんは本当にお仕事大丈夫なの？　ジュディス様の護衛につくんでしょう？」

気をとり直して……というよりは話題を変えたくてユフィが訊ねると、ネイトは目を瞬いた後に、ふわりと微笑んだ。

「そちらは問題ないぞ。彼女の護衛は、あくまで騎士団の仕事だ。他の団員たちも請け負っているし、本人もあまり出歩かないように自衛しているからな。俺が護衛につく機会は、そんなに多くないはずだ」

「そうなのね。ちょっと意外」

てっきり、ネイトが主軸となって護衛部隊を編成しているのかと思ったが、違ったらしい。

侯爵も、ネイトが味方につくことを喜んでいたのに、いいのだろうか。

「仕事はあくまで仕事だ。全うするのは当然だが、それでユフィをないがしろにするつもりはない。ユフィのための時間が削られるのなら、騎士でいる意味もないしな」

「いいえ、私のことはむしろないがしろにして欲しい」

「はは、俺に気を遣う必要はないぞ。寂しい思いをさせてごめんな、ユフィ」

「してないから。喜んでるぐらいだから仕事して兄さん」

否定を返しているのに、ネイトはますます笑みを深めてユフィの頭を撫でてくる。今夜はきれいに結ってもらっているのに、ぐしゃぐしゃになってしまいそうだ。

「兄思いの妹で嬉しいな。だが、俺にとって何よりも大切なものはユフィとの時間だ。だから、今まで通り兄さんと一緒にいような」

(腹が立つほどポジティブ……)

最近は落ち込むことの多かったユフィも見習いたいものだ。その落ち込む原因もだいたいネイトなので、一層情けない話でもある。

「……おや？　もしやネイト殿か？」

そうこうしていると、会場のほうから身なりの良い壮年の男性がこちらに近づいてきた。でっぷりとしたお腹が邪魔そうな、いかにも貴族らしい貴族だ。

「お知り合い？　呼ばれてるわよ、兄さん」

「ああ……少し挨拶をしてくる。すぐに戻るから、ここから動かないようにな」

「はいはい」

ユフィにだけ見える角度で嫌そうな顔をしたネイトは、しかし立ち上がった時には〝理想の騎士〟の微笑みを浮かべて彼に近寄っていった。実に見事な擬態っぷりだ。

（兄さんにも、苦手な人とかいるのね）

ネイトはなんでも完璧にこなしている印象があるので、今のような表情はなかなか新鮮だ。彼は彼で、色々と苦労をしているのかもしれない。

（まあ、こんなところに置いていかれる私も可哀想だけどね）

去っていくネイトを見送り終わってしまえば、視界に入るのは閑散とした夜の庭だけだ。

会場内ならまだしも、人気もまばらなここでは皆を見て楽しむこともできない。

せっかくいつもとは違う雰囲気のドレスを着つけてもらったのに、なんの成果も得られず今夜も終わりそうだ。

「……ねえ、君。もしかしてユーフェミアちゃん？　ネイトの妹の」

――なんて思った直後に、ネイトが向かったほうとは反対側から、声をかけられた。

慌ててそちらを向けば、ネイトと同じ純白の制服をまとった男性が、三人ほど近づいてきている。

年はだいたい二十歳前後だろうか。その内の一人が、人好きのする笑みを浮かべて手を振ってきた。

「確かに私がユーフェミアですが……騎士団の方ですよね？」

「うん、ネイトの同僚だよ。話に聞いてた印象と違うから迷ったんだけど、やっぱり『例の妹ちゃん』だね。初めまして」

「ど、どうも」

手を振った彼はそのまま早足で近づき、ピッと略式の敬礼ポーズで挨拶をしてきた。悪い人ではなさそうだが、『例の妹ちゃん』とはなんの話だろうか。

「急に声をかけてごめんな。ネイトがヒマさえあれば『妹が可愛い、妹が天使』って口にするもんだから、一度会ってみたかったんだよ。ネイトは絶対に紹介してくれないし」

「えっ⁉　職場でそんなことを言っているんですか⁉　兄がすみません！　それから、なんか期待外れな妹で申し訳ないです……」

ネイトの奇行が恥ずかしいやら、過大評価がいたたまれないやらで、ユフィはバッと頭を下げる。顔はもう火がついたように熱く、穴があったら全力で飛び込みたい気分だ。

「いやいや、期待以上だよユーフェミアちゃん。あいつが可愛い可愛いって言うから、もう少し幼い子だと思っててさ。年頃の、こんなにきれいな子だとは知らなかったんだ。……あ、ちゃん付けで呼んだら失礼だな、ごめん！」

「いえ、お気になさらず」

ユフィと同じぐらい頭を下げた彼に、一緒にいた同僚たちも苦笑を浮かべている。

やはりネイトの過保護っぷりは、他の人が見ても〝幼い子にするもの〟なのだろう。淑女かどうかはさておいても、社交界デビューを済ませた令嬢にするものではないのだ。

「私も、兄の子ども扱いには思うところがありますし……」

「だよな？　目が離せないとか、ずっと手を繋いでいたいとか言うから、せいぜい五、六歳ぐらいの子だと思ってたんだよ。それが、こんなにちゃんとしたお嬢さんだなんて、何やってるんだあいつは……」

（もっと言ってやってください、ぜひ！）

家でも両親をはじめ皆がネイトの肩を持つので、ユフィの味方をしてくれる意見を聞くと嬉しくなってしまう。たまには良いこともあるものだ。

「もし本当にあいつが言うような態度をとってるなら、君も大変じゃないか？」

「大変と言いますか……お恥ずかしながら、良いご縁に全く巡り会えなくて」

「あー、やっぱりそうなるよな。ネイトも全く女っ気ないし、伯爵家の子息・子女なら結婚は義務だろうに、どうするつもりなんだか」

がしがしと頭をかく彼の言葉に、ユフィも今更思い出す。

そう、世間的にはネイトは〝セルウィン伯爵家の息子〟なのだ。血の繋がりがないのは明白だろうが、彼はそれで価値が落ちるような男ではない。

むしろ、実子のユフィを差し置いてでも、伯爵家はネイトが継ぐべきだと思っている者も少なくないだろう。

（私自身のことでいっぱいいっぱいだったけど、兄さんは結婚とかどう考えているのかしら？）

ネイトの正体は人間ではないが、それを知っているのはユフィだけだ。

彼は今後も『人』として生きていくつもりで、ユフィの兄になったのか。それとも、何か別の目的があって兄妹ごっこをしてきたのか。

その辺りのことをネイトと話したことは、これまで一度もなかった。

（そもそも、兄さんって『何』なのかしら。外見の年齢がいじれることと、多分黒い羽を持っていることしか記憶にないのよね）

当たり前のように兄妹として育ってきてしまったが、そろそろハッキリさせておくべきなのかもしれない。ネイトのためにも、ユフィのためにも。

（少し、聞くのは怖いけど……ちゃんとしなきゃ）

それに、たとえネイトの理由がなんであっても、ユフィが結婚しなければならないことには変わりない。これは、貴族の家に生まれた者の義務だ。セルウィン伯爵家を継ぐために婿をとるか、ユフィがどこかへ嫁に出されるかが違うだけで。

「はあ……」

とりとめのない話にため息をこぼすと、「おーい」と頭上から声がかかる。

ハッと顔を上げれば、三人の騎士が困ったような様子でユフィを覗き込んでいた。

「あっ、すみません！　ちょっと考え込んでしまって」

「ああ、こっちこそごめんな。急に黙るから心配になっただけだよ。……それでユーフェミアちゃん、ものは相談なんだが」

慌てて謝ったユフィに気を悪くするでもなく、むしろ彼はユフィに一歩近づき、何故か目の前に跪いた。

「あ、あの？」

「ネイトの代わりに、俺に君をエスコートさせてくれないか？」

「はいっ⁉」

まさかの頼みごとに、ユフィの声が裏返ってしまう。

騎士が跪いて乞うなんて、まさしく物語の一シーンのようだ。

（ま、待って待って！　この状況、この前読んだ恋愛小説にそっくりじゃない⁉）

もちろんユフィも、予想もしていなかった状況に胸が高鳴ってしまう。

騎士といえば、王都の女性に一番人気の〝格好いい〟職業……そう思っているのは、当然ユフィだって同じだ。

しかもつい最近、ちょうど騎士との恋愛を題材にした小説を読んでいたせいで、なおさらドキドキしてしまう。

（これって、私を多少なりとも良く思ってくれたってことよね？）

さすがに出会って数分で愛の告白はないだろうが、世の中には『一目惚れ』というたいへん便利な言葉もあるのだ。

話していた彼は三人の中でもやや身長が高く、鍛えられた体は服の上からでもしっかりしているのがよくわかる。

赤茶色の髪はさっぱりと短く、爽やかな印象の彼によく似合う。美形というほどでもないが、優しげな顔立ちは好ましいし、何よりとても話しやすい。

短時間で分析した結果、彼はなかなか良い相手では……なんて喜んだユフィだが、跪いたままの彼がふいに「あっ」と大きな声を出した。

「ご、ごめん。別に君を口説いてるとか、そういうのじゃないから心配しないでくれ！　あくまで俺は、ネイトの同僚の騎士だから」

（わあ、全否定）

ユフィには逆に痛い返答に、盛り上がった気持ちは一気に沈んでしまった。

まあ、正直に言ってくれるのは誠実な証拠なので、これはこれでよかったと思っておこう。

「えっと、でしたら何故エスコートなんて？」

「実はネイトにもちょいちょい縁談が来ててさ、あいつが君に執着している時間を少しこっちに回して欲しいんだよ」

「縁談ですか？　騎士団の方と？」

「俺たちの家族じゃなくて、騎士団を支援してくれる貴族とかその辺りからだよ。話を断りにくい相手が多くてさ……」

（ああ、なるほど）

非常に申し訳なさそうに告げられたのは、板挟みで困る立場からの懇願だった。

騎士団は王家直属の部隊だが、資金援助をする貴族もちらほらいる。というのも、貴族子息には騎士団に勤める者が一定数いるからだ。

ただ、彼らはネイトのように本当に騎士になるわけではなく、あくまで箔付けのために出仕するだけらしい。支援金は、息子を預かることに対しての礼のようなものだ。

しかし、理由はどうあれお金はお金、支援者を邪険にはできないのだろう。

「顔合わせの席を作れるように、なんとかしろってせっつかれててさ。ほら、同僚だから出勤日とか融通できるだろう？　君をくだらないことに巻き込んで申し訳ないんだけど、ちょっと協力してくれないかな？」

「騎士団も大変なんですね」

彼の顔色は、話を続けるごとに青くなっていく。騎士の仕事自体も大変だろうに、つい同情してしまうような雰囲気だ。

「私としても、兄さんの干渉を受けずに夜会に参加できるのはありがたいので、ぜひ協力させていただきますが……」

「本当かい!?　助かるよ！　制服を着た騎士なら皆も察してくれると思うし、俺もなるべく君の婚活を邪魔しないようにするから！　本当にありがとう、ユーフェミアちゃん！」

ユフィが一応了承の返事をすると、彼はさっと立ち上がり、ユフィの手を両手で摑んで感謝を伝えてきた。

ネイトのせいでいらぬ苦労をさせているようで、逆に申し訳なくなるほどだ。

「ちなみに、近日中に夜会に参加する予定はあるかい？」

「直近ですと、三日後にご招待をいただいていますね」

「三日後か……うん、多分大丈夫だと思う。ネイトは上手いこと見合いに誘導するから、君は俺が迎えに行くよ」

「わかりました。馬車はうちのものを出しますので、徒歩か馬でお越しください」

「何から何まで本当にごめんな」

しょんぼりと俯いてしまう彼を、気にしないよう軽く慰めておく。

ユフィ目当ての話でなかったのは残念だが、ネイトに秘密で予定を組むのは、ほんの少し楽しくも思っている。

いつでもどこでも介入してくる過保護な兄も、これで少しは大人しくなってくれればいい。

（そうよ、私だって兄さんに内緒の予定ぐらい作ってやるわ。兄さんは、私にいくつも隠しごとをしているんだから！）

それが仕事上の機密だとわかっていても張り合ってしまう辺り、やっぱりユフィの考え方は子どもっぽいかもしれないが。とにかく秘密は秘密だ。

一応予定も決まったし、あとは三日後を待つばかりである。

「そうだ、まだお名前をお聞きしていませんでしたね」

「ああ、すっかり忘れてたな。俺は……」

「――おい、グレイ。俺のユフィに何をしている」

楽しい秘密の相談は、地を這うような低い怒声によって遮られた。

「……っ⁉」

四人そろってそちらを向けば、ネイトが鬼のような形相でこちらを睨みつけている。

「兄さん、いつの間に……」

「よお、ネイト。お疲れさん」

「グレイ、今すぐユフィから手を離せ」

「手？　あっ……」

ネイトに言われて視線を下ろすと、彼……改めグレイというらしい同僚は、ずっとユフィの手を掴んだままだった。

それも両手で掴んでいるので、端から見たら口説いているようにも見えるかもしれない。

「掴んだままだったか。ごめんな、ユーフェミアちゃん」

「いえ、大丈夫ですよ」

「俺が気にする。お前はさっさと離れろ。ユフィに悪影響が出たらどうする」

グレイが手を離すや否や、ネイトはズカズカと近寄ってきて、ユフィとの間に立ち塞がった。

……これは、秘密で予定を立てたことがバレたら大変そうだ。

「悪影響ってお前、俺たちは害虫か何かか？」

「似たようなものだ」

「はいはい、退散するよ。じゃあな、ユーフェミアちゃん。話せてよかったよ」

ずいぶんひどい言われようだというのに、グレイは気にした様子もなく、さらっと手を振って去っていく。

残りの二人とは全く話せなかったのが、少しばかり残念だ。

「まったく、本当に油断も隙もないな」

グレイたちの姿が見えなくなるまで待ってから、ネイトは深いため息をこぼした。

「大丈夫だったか、ユフィ。何もされていないか？」

次いで振り返った顔はいつものネイトと同じ表情をしていたが、どこか不機嫌そうにも見える。

「されるわけがないでしょう。兄さんの同僚の方じゃない。世間話をしただけよ」

「ならいいが」

ネイトはユフィの摑まれていた手をとると、同じように両手でぎゅっと握ってきた。

まるで感覚を上書きするような行動に、少しだけ心臓が跳ねる。

「そ、それより、兄さんの話は終わったの？」

「ああ。騎士団と縁のある貴族だったんだが、娘に会えとしつこくてな。断るのに手間取った」

（おっと、同じ話題……）

奇しくも、こちらも同じような用件で捕まっていたらしい。うんざりした様子を隠しもしないので、よほどしつこく言い寄られたのだろう。

どうやらネイト狙いのお嬢さんは、ユフィが思う以上に多いようだ。

(そりゃあ、素晴らしい美貌の上に最強の騎士様で、伯爵家の姓を名乗っているんだもの。モテて当然よね)

むしろ、今までそういう話が出てこなかったほうがおかしいのだ。

理由は間違いなく、ネイト本人が断っていたからだろうが。

「ねえ、兄さんには『良い人』はいないの？」

見合いだなんだという話が続いたせいか、なんとなく気になって訊ねてみる。

ネイトは二月前にユフィが王都に来るまで、ずっと騎士団の独身寮で暮らしていたのだ。そういう相手の一人や二人いてもおかしくはない。

しかしネイトは、心底不思議そうに「は？」と首を傾(かし)げた。

「ユフィがいるじゃないか」

「いや、妹じゃなくて」

「ユフィがいるのに、他の女が必要になる意味がわからない」

言葉通りの疑問を顔にも表して返す彼に、何故かほんのりと胸が温かくなった気がする。

(素敵な恋人よりも、妹のほうがいいだなんて)

そんなのはまるで、親離れができない幼子(おさなご)のようだ。

ユフィよりもずっと大人びていて、迷惑なぐらいに過保護にするくせに。もしかしたら、ネイトのほうが精神面は子どもなのだろうか。

「……なんだ、ふふ。兄さんよりも、私のほうが結婚が早いかもね」

「どういう意味だ？」

「そのままよ」

ほんの少しだけネイトに勝った気がして、つい口元がゆるんでしまう。

もっとも、これは今だけの話だ。ネイトが相手を見つければ、きっと秒で結婚までもっていくだろう。

婚活が失敗続きのユフィは、精神面で勝ったところで相手が見つかる気配すらないのだから。

（うっ、考えたら空しくなってきたわ）

そもそも、縁談があちこちから来ているらしいネイトと違い、ユフィのもとには相変わらず見合いの申し込みも釣書も全く来ないのだから、張り合うこと自体がおこがましい。

すこーしだけ浮上した心は、あっと言う間に地の底まで沈み込んだ。

「……私、なんだか泣きたくなってきたわ」

「ああ、慣れない会場だから疲れたのかもな。俺も少し疲れたよ。今夜はもう帰ろうか、ユフィ。明日は俺も、侯爵令嬢の護衛につかなければならない日だしな」

「…………」

そう、例えばの話だが。ネイトがかの絶世の美女と縁を結んでしまったらどうだろう。

こちらの家格は多少劣るが、不可能というほどでもない。その上、誰が見てもお似合いの美男美女なら、結婚まですぐに決まるかもしれない。

(兄さんが、ジュディス様と……)

あまりにも完璧な未来予想図に、胸が痛んだのは気のせいだ。

「ユフィ?」

「……ごめんなさい、なんでもないわ。出会いも望めないし、帰りましょうか」

ネイトの呼びかけにユフィはベンチから立ち上がり、摑まれていた手をエスコート用に繋ぎ直す。

結局、大人びたドレスも無駄になってしまったな、なんて寂しい感想とモヤモヤした気分を抱きながら。

ユフィの婚活は、今夜も無事失敗に終わった。

3章　それは憧れか、やきもちか

グレイと約束した夜会の日は、あっと言う間にやってきた。

待っている間も毎日縁談や釣書が来ていないか確認したが、結局一通もなし。相変わらずユフィは、行き遅れ街道を邁進（まいしん）している。

年齢もちょうどよく、健康な乙女で、かつ真面目に婚活に勤（いそ）しんでいるのに、意味がわからなすぎてそろそろ泣きそうだ。

「お嬢様、できましたよ」

今日も美しい侍女のモリーに呼ばれて目を開けば、姿見には見慣れた自分が映っている。

今夜の装いは、また明るめの緑色を使った若者向けデザインのドレスだ。

先日の公共ホールで着た大人っぽいドレスも嫌いではないのだが、効果がなかった以上は、若い内に着られる色作戦に戻したほうが良いだろう。

髪型もふわふわとした可愛らしい仕上がりになっていて、今夜は全体的に甘めである。

「はあ……お嬢様はやっぱりこの国で一番可愛いです」

「そんなことを言うのはモリーぐらいよ」

むしろ、モリーのほうがよほど美人なのに何を言っているのやら。

胸元の開いたドレスを着ると、彼女との山の高さの差が顕著で寂しくて仕方ない。

「旦那様と奥様とネイト様も絶対におっしゃいますよ？」

「身内だけじゃない」

「価値ある身内の声です！」

まあ、親や兄にまで嫌われてしまったらユフィも立ち直れないが、それを評価として受けとるのもまた空しい話だ。

（それなりには可愛いと思うんだけどね。ま、いっか）

こんな些細なことでいちいち凹んではいられない。何しろ今夜は、最大の障害である兄がいない夜会なのだ。

しかも、兄以外の騎士様のエスコートつきである。やる気が出ないはずがない。

「容姿がほどほどなら、私は態度で補うまで。今夜こそ良い人と縁を作って、せめて後日お手紙のやりとりができるところまではいってみせる！」

「目標が微妙に低いと言いますか、具体的で悲しいですお嬢様」

「出会う機会すら奪われてきたんだから、この辺りが妥当よ！」

邪魔するネイトさえいなければ、会場内を自由に動き回れる。それだけでも充分楽しみだ。

（グレイさんの話が本当なら、兄さんだって今日はどこかのご令嬢とお見合いだろうしね。私だって、楽しませてもらうわよ）

ほんのわずかに痛んだ胸に気づかないふりをして、ぱちんと頬を叩く。

今日は父にもちゃんと先に話をして、エスコート役をネイトの同僚に頼むことも了承してもらっている。

なんとなく歯切れの悪い言い方で「ネイトが納得するといいね」と呟いていたのは気になったが、もう決まったことだ。

誰がなんと言おうと、ユフィはネイトがいない夜会を楽しんでみせる。

「……っと。お嬢様、グレイ様がお越しのようですよ」

「さすが騎士様、時間ぴったりね」

そんなことを考えていれば、早速グレイが伯爵邸に到着したようだ。

姿見の前でくるりと全身を確認したユフィは、気持ちを婚活に切り替えて裾をつまむ。

「今夜こそ、良い報せを持って帰ってくるわね」

「ええ、楽しみにしております。いってらっしゃいませ」

優雅な礼に見送られ、いつもより軽い足取りでエントランスへ向かう。

「こんばんは。お迎えにあがりました、お嬢様」

玄関扉すぐの場所には、ネイトではなく恭しく頭を下げるグレイがいた。これだけでも気分が盛り上がるというものだ。

「本日はありがとうございます、グレイ様。よろしくお願いいたしますね」

「はっ、私などに兄君の代役をお任せいただき光栄です」

使用人たちがいるので、グレイはそれらしい態度をとっているようだ。ユフィもそれに合わせて、淑女らしい話し方で礼を返す。

迎えといっても、馬車はユフィの家が出すのであんまり様にはならないのだが、そんな細かいことは触れなければよし、だ。

（それに、なんだか良い感じだもの）

前に会った時には、失礼ながらそれほど整った容姿とは思わなかったのだが、今日のグレイはちゃんとした態度と騎士制服の相乗効果で、ずっと素敵な男性に見える。

こんな彼にエスコートしてもらえるなんて、それだけで物語の主人公にでもなった気分だ。

「さあ、お手を」

「はい」

差し出された白手袋の手のひらに、ユフィもそっと手をのせる。

若干芝居っぽい気もするが、とにかく、グレイと同乗したユフィは無事に伯爵邸を出発できた。

「いやー……あれだね。女の子ってすごいよね」

馬車に乗って扉を閉めると、グレイの態度はあっさりともとに戻ってしまった。少し寂しくも感じるが、この話しやすさも彼の魅力である。

「すごいとは何がですか？」

「今日の君のこと。この前はだいぶ大人っぽい感じだったけど、今日はまた可憐というか儚げというか……印象が違うね」

「あははは」

先日の夜会が特別だっただけなのだが、そこは語らずに曖昧に笑っておく。

衣装や髪型で女が変わるのは本当のことだ。それだけの苦労もしているのだから。

「グレイさんはどちらが良いと思いますか？」

「どっちも良いよ。でも、俺の好みで言うなら今みたいな可愛いほうかな。君の髪色にもよく合っているし」

どうやら『若い時にしか着られない色を着よう』作戦は成功だったようだ。

モリーの支度の腕が素晴らしいのももちろんだが、褒めてもらえるのは純粋に嬉しい。

自然と口角が上がると、グレイも応えるように笑ってくれた。

「そういえば、兄さんは大丈夫でしたか？　先の夜会では、グレイさんたちへの態度がこう……身内から見てもひどかったのですけど」

「ああ、騎士団なんて男所帯だからあんなもんだよ」

明るい雰囲気に任せて聞いてみれば、グレイはネイトの態度についてもさっぱりと笑って流してくれている。

いくら男所帯でも、もう少し仲間は気遣うべきだと思うのだが、もしやあれが平均的な態度なのだろうか。

「今日ネイトには、仕事の後にあるお偉いさんのお嬢さんとの会食に行ってもらってるよ。すんごい渋ってたけど、セルウィン伯爵閣下の一筆があったからな」

（先に書いてもらっておいてよかった！）

笑みを苦笑に変えるグレイに、ユフィもほっと胸を撫で下ろす。

ネイトが見合いを嫌がる可能性も考えて、今回は父にも協力してもらっていたのだ。

といっても、ネイト宛てに手紙を書いてもらっただけの簡単な策である。内容は『ユフィが夜会に行く際は自分が付き添っていくから大丈夫だ』と、これだけだ。

ちゃんと直筆なので、父の筆跡を知っているネイトでも信用しただろう。……こんなものが必要な時点で、面倒くさいことこの上ないが。

「騎士団ってやっぱり大変なんですね」

「結婚やら何やらは、うちじゃなくても大変だよ。ユーフェミアちゃんだって、今まさに戦っている真っ最中だろう？」

「そう、ですね。残念ながら全敗中ですが」

「あ、わ、悪い……」

せっかく明るかった馬車の中の空気が、一気にしんみりと沈んでしまう。

これはよくない。全敗は本当だが、グレイは何も悪くないのだから。

「まあほら、今日は邪魔するネイトもいないしさ。こんなに可愛い君なら、絶対良い相手が見つかるよ。俺が言っても価値はないだろうけど、君はすごく素敵だよ」

「価値あります、すごくあります！　身内以外に褒めていただける機会皆無なので！」

「ネイトはマジで何をやっているんだ……」

素直に喜ぶユフィに対して、グレイは唖然とした表情でこめかみを押さえている。

ネイトによって外部と遮断されたユフィには、たとえ社交辞令でも大歓迎だ。

そして今日は、そのネイトがいない。考えるだけでうきうきしてくる。

「ああ、早く会場につかないかな……」

こんなに明るい気分で夜会に赴くのは初めてかもしれない。

いつもはいかに兄を撒くか作戦を練るのに費やしている移動の時間だが、今日はこの馬車の揺れさえも楽しく感じてしまう。

「ふふっ」

無意識にこぼれる声に、グレイも微笑んで返してくれる。

この穏やかで心地よい時間を忘れないように、心の中に刻みつけておかなければ。

（また兄さんのお見合いがあったら、グレイさんはエスコートしてくれるかしら？）

なんて、ちょっとした期待も胸に抱きながら。


ほどなくして、ユフィたちを乗せた馬車は本日の会場に到着した。

今夜は屋敷付きのホールではなく、わざわざ別邸として造らせたという大きな会場だ。小高い丘の上に建っているため見晴らしもよく、王都の景色を会場から一望できる。

また、今夜は貴族以外にも多くの客を招いている大規模な夜会らしい。外に漏れ聞こえる楽器の音も、実に優雅で心が躍ってしまう。

「行き先を聞いた時からそうだろうとは思ってたけど、やっぱりすごいな……」

「この会場をご存じなんですか？」

「だいぶ前に、一回だけ護衛任務で来たことがあるんだ。あの時は仕事中だったからしっかり見られなかったけど、よく見ると造りが本当にすごいな」

古代の神殿をモチーフにしたという厳かな外観に、グレイはぽかんと口を開けて圧倒されている。

今夜の主催は美術品や骨董品のコレクターとしても有名な家なので、グレイのように素直に表情を顔に出す客人は、見ていてきっと嬉しいだろう。

もちろん、初めて来たユフィも驚いてはいるのだが、慣れたふりをして大人しくしている。ほんの少しでも、ユフィが〝夜会受けの良い〟落ち着いた淑女に見えるように。

……多分、パートナーがネイトだったら、ユフィが口を開けて驚いていたに違いない。

「あ、ごめんなユーフェミアちゃん。人も多いし、早く行こうか」

「はい！」

しばらく建物を見上げていたグレイだったが、自分の役割を思い出すと、すぐユフィに腕を曲げて差し出してきた。

今夜は混んでいるので、手を繋ぐのではなく腕を組む形でエスコートしてくれるのだろう。

触れるのは騎士制服の生地だけなのに、体の距離が近くなると少し緊張してしまう。

「受付はどっちだっけ？」

「外から階段を上がったところですよ。二階が入口になってるはずです」

「なるほど、入ってすぐに会場を一望できるような造りなのか。すごいなあ……」

グレイはよほど建物を気に入ったのか、しきりに感心しながら歩いていく。

これが恋人や婚約者なら、放っておかれるユフィは怒ってもいいかもしれないが、知人関係として見るとなんだか可愛らしい。

（本当に、今夜は良い思い出になりそうね）

パートナーに楽しませてもらいつつ、この後は会場でも自由に動き回れるのだ。

今までの失敗の分も、全力で盛り上げていこう。そう強く決意したユフィは、力強い足取りで入口へ続く階段を上っていく。

まるで、絵本で見た天国へ続く階段みたいだな、なんて想像が頭をかすめた……その直後だ。


「グレイ、ここまでの護衛ご苦労だったな。さっさと帰れ」


この場にいないはずの……否、いてはならない人物の声が、階段の上から聞こえてきた。

「――は？」

踏み出した最後の一歩が、地面を踏むことなく固まってしまう。

視界に飛び込んできたのは、意匠を凝らしたデザインの入口……ではなく、腕を組んで仁王立ちをしている男の姿だ。

褐色の肌に黒い髪という、この国では他にほとんど見かけたことのない、異国風の容姿の。

（い……いやあああああああッッ!!）

悲鳴を口から出さなかった自分を、自分で褒めてあげたい。

何故だ？　何故ここまで期待させておいて、全てをぶち壊しにくるのか。この世界の神は、ユフィのことがそれほど憎いのか。

（嘘よ……嘘だと言って！　私の、楽しい夜会が！）

踏み出そうとして浮いたままの片足から、ころんと靴が落ちる音がした。

「ネイト!?　お前、なんでここに……」

「会食には行ったぞ。顔だけ合わせて、即座に断って帰ってきた」

「はあああ!?　お前、なんてことすんだよ!?」

一方で、グレイからも絶望の声が上がっている。

馬車の中で『お偉いさん』と呼んでいた上に、騎士団として切りたくない縁だからこそ、今夜の見合いの席を設けたのだろうに、一体ネイトは何をしているのか。

「大丈夫だ、誠実に断ってきたからな。だからグレイは去れ」

「どんな誠実な断り方をしたら、顔合わせて即帰るが許されるんだよ!?」

先ほどまでが嘘のように青い顔になったグレイは、有無を言わさずユフィから引き離され、ずるずると引っ張られていく。

彼らの向かった先には、ネイトが乗ってきたのであろう軍馬が待機していた。鞍に騎士団の刻印が入っているので、間違いない。

「じゃあな、グレイ」

憐れ、真っ青な顔のグレイは強引に馬に乗せられると、そのまま会場を去っていった。

突然始まった騎士の交替劇に周囲の人々もぽかんとしてしまっているが、ネイトは全く気にしていないようだ。

騒がせてすまないと、何事もなかったかのように笑顔でまとめると、当たり前のようにユフィに近づいてくる。……さりげなく、落ちている靴を履かせるのも忘れない。

「さてユフィ、何か俺に言うことがあるんじゃないか？」

「私の楽しい思い出を返して」

「思い出？　夜会ならこれからだろう？　いつまでも固まっていないで、早く受付を済ませてしまおう」

「違う！　兄さんがいない夜会の思い出よ‼　こんなのあんまりだわ……」

今夜は期待していた分悲しみも深くて、つい声を張り上げてしまう。

しかし、ネイトはよくわからないといった様子で首を傾げるだけだ。

「俺がいないと会場に入れないじゃないか。まさか、建物の見学がしたくて、わざわざグレイに頼んだのか？　それなら、盛装をする必要もないだろうに」

「グレイさんがいれば会場に入れるのよ！　あの人が今夜の私のパートナーだったの！　どうして兄さんは私の邪魔ばかりするの⁉」

「俺は当然のことをしているだけだが……いや、続きは中で話すぞ。さすがに人目が多すぎる」

ネイトの視線が横へ動いたのにハッとすれば、いつの間にか周囲には見物人が囲うように集まってしまっている。

大して目立たないユフィはともかく、有名人かつ暗がりでも映える真っ白な騎士制服のネイトは注目の的だ。

これで誰かがネイトを引きとってくれればいいのだが、あいにくと距離をとって見ているだけで、誰一人注意すらしてくれない。

「ユフィ」

結局、手を引かれたユフィはいつも通りネイトをパートナーとして会場に入る。

グレイが言った通り、中は入口すぐから会場が一望できる素晴らしい景色だったが、もはやそれを楽しむ気力は残っていない。

(せっかく、楽しい夜になるはずだったのに)

主催者がこだわったのだろう会場装飾も、今はすっかり遠い景色だ。

夜会だというのに、颯爽と人気の少ない壁際へ歩いていくネイトは注目されても、手を引かれているユフィは付属品でしかない。

大規模な夜会なら、普段はない出会いもあったかもしれないのに、この手が離れない以上はそれに関わることもできない。

(ああ……ますます結婚が遠のいていくわ……)

会場が煌びやかであればあるほど、悲しさが募っていく。

ほどなくして、人目に触れないちょうどいい柱の陰を見つけたネイトが、ユフィを隠すように引き寄せた。

　ここまでは聞き耳を立てに来ない辺り、今夜の参加者たちは行儀も良いようだ。

「さて、もう一度聞くぞユフィ。俺に何か言うことは？」

　会場の明かりを背にしているのに、ネイトの紫眼が怪しく光る。

　説教の最中まで格好良さが増すなんて、本当に腹が立つほどいい男である。

「……なんで兄さんがここにいるの？」

　対するユフィは不機嫌さをあえて隠さず、ぶすっとしたままで答える。これでネイトの行動を望んでいないことが伝わればいいのだが、彼がそんな意図を汲んでくれる男なら、婚活に困ったりはしていないだろう。

「違う。何故俺に嘘をついたんだ？　それも、他人を連れてくるなんて」

　案の定、ネイトもユフィと同じぐらい不機嫌そうな声で、ゆるりと首を横に振った。同じ不機嫌な態度でも、彼のほうは少し色っぽいのがますます腹立たしい。

「他人って、グレイさんは兄さんの同僚じゃない」

「でも、父上じゃない」

　ユフィの手首を掴む彼の手に、きゅっと力がこもる。それでも、ユフィが痛いと思わない絶妙な加減がされているのが悔しい。

「俺がいない時は、父上にパートナーを任せるという約束だったはずだ」

「私はそんな約束をしていないわ」

「常識的な話だ。未婚の若い娘が、適当な男を伴っていいわけがないだろう」

さも当たり前のことのように語りながら、ネイトは小さく息をついた。

確かに当たり前のことだ。そのせいで、出会いを逃し続けるような事態でさえなければ、ユフィだって従ったとも。

（だいたい、兄さんだって他人じゃないい。血は繋がってないんだから）

それに、グレイは国が認める騎士であり、ネイトの同僚という繋がりもある。今夜だって騎士制服で来たのだから、グレイも皆もわかっているはずだ。

騎士の制服が白いのは身の潔白を示す決意表明であり、同時に枷（かせ）でもあるのだから。

「いいか、ユフィ。今回は俺がすぐに来られたからよかったが、可愛い女の子が男と二人でいるのは危険なんだ。何かあったらどうする気だ？」

「グレイさんが何をするっていうのよ。兄さんこそ、同僚を疑いすぎだわ」

「同僚でも、男だからな」

それはそうだろう。男じゃなければ、エスコートを頼むことなんてできない。

だが、それがなんだというのか。ユフィは今、結婚相手を探しているのだ。ネイトではない男性を。

男性と出会い、親交を深め、縁を結ぶのが貴族令嬢の『仕事』でもあるのに、比較的安全な騎士まで排除したら、一体誰が残る？

父だって、今夜のことは許して協力してくれたのに。

（やっぱり兄さんは、妹の邪魔をしているのだとわからないのね）

幼少期はユフィを守ろうとしてくれていると嬉しかった彼の過保護も、こうなっては本当に辛いだけだ。

ネイトに何度言ってもやめてくれないから、仕方なく逃げようとしているのに。

グレイに望んだのは恋仲ではなく、ユフィの協力者になって欲しいだけだったのに。

（ああ、もう。ムカムカする）

どうしてユフィがこんな思いをしなくてはならないのだろう。惨めで悲しくて、今夜は楽しい気分だったから余計に辛く感じてしまう。

ユフィだって、少しぐらいは夢を見たい。夜会を楽しんでみたい。

華やかで煌びやかなこの世界を自由に見て、『ネイトの妹』ではない自分でいたい。

こんなささやかな願いすら、ネイトは〝危険〟だと言うのか。

「ユフィ？」

「……なんでもない」

――こぼれそうな涙をぐっと堪える。

ここでは泣けない。せっかくモリーが施してくれた化粧が、台無しになってしまうから。悔しいけれど、今はまだ我慢だ。

「謝れと言うならお断りよ、兄さん。私は、悪いことをしたとは思っていないわ。そうしないとどうしようもないから、行動しただけだもの」

「……そうか。反抗期ってやつかな」

俯いて唇を噛むユフィに、ネイトはまた見当違いな感想をこぼす。本当にこの兄は、ユフィをいくつの子どもだと思っているのだろう。

社交界デビューを済ませたユフィは、結婚もできる大人なのに。

それとも、人間ではない彼には、もしやユフィが十年前と同じ幼女の姿に見えているとでも言うのだろうか。

「ユフィが無事だったから、俺ももういいよ。俺がお前から目を離さないようにすればいいことだしな。グレイにもきつく言っておく」

「グレイさんも全く悪くないから」

「……そうか」

頭上で深いため息が落ちる。そうしたいのはユフィのほうだ。

ネイトのせいで行き遅れる可能性がまた上がったのに、この男は責任でもとってくれるのか？

（……責任？）

苛立ちの中に浮かんだ言葉に、ふっと上がっていた熱が冷めた。

婚活における責任といったら、当然結婚だ。もしや、ネイトはそのつもりが……と少しだけ考えて、すぐにやめる。

（ネイト・セルウィンは、私の兄だもの）

たとえ血の繋がりがないとしても、兄妹は結婚できない。そういう国の決めた法がある。

十年前のあの日、ネイトがユフィのもとに少年の姿でやってきて、共に暮らすと決めた時から、ネイトは兄であってそれ以外にはならないのだ。

「以前は弟や妹がいる連中が『昔は可愛かったのに』と言っているのが疑問で仕方なかったが、今はわかる気がするな。昔のお前は、兄さん兄さんって俺の後ろをちょこちょこついてきてくれる、最高に可愛い妹だったのに」

現にネイトだって、こう言っている。ユフィは『妹』なのだと。

「可愛くなくなって悪かったわね」

別にネイトにどう思われていても構わないのに、つい文句が出てしまう。そもそも、幼子が保護者を追いかける無垢な可愛さを、成長した娘に求められても困るというものだ。

「いや、今でもユフィは最高に可愛いし、俺は目に入れても痛くないぞ」

「ああそう。じゃあ何が言いたいのよ」

「兄さんは寂しいということだ」

ネイトは摑んだままのユフィの手を持ち上げると、そっと自分の頰に摺り寄せた。

まるで、繋がりを愛おしむように。あるいは、獣がマーキングでもするように。

「っ！　ちょっと、兄さん⁉」

「今も小さい手だな……ずっとユフィは可愛い。俺の大事なユフィ」

「わ、わかったから、そういうことはやめて！　兄妹でしょう？」

ムカムカした気分が吹き飛んでしまうような行動に、ユフィは慌てて手を離させる。

普通の兄は、妹の手に頬ずりなんて絶対にしないはずだ。

（びっくりした……）

手の中にネイトの頬の感触が残っていて、すごく変な気分だ。ユフィの頬のように柔らかくはなかったが、とても温かかった。

（兄妹だって思い直した矢先に、変なことしないでよ）

ただでさえネイトの容姿は腹が立つぐらいに良いのだ。そんな相手に変なことをされたら、いくら兄でも心臓がうるさくて仕方ない。

子ども扱いすると思えば急にこんなことをして、本当にネイトは何がしたいのか。

「ユフィ、顔が真っ赤」

「誰のせいよ」

「俺のせいなら嬉しいな。可愛い可愛い俺のユフィ。反抗期なんてやめて、兄さんとずっと一緒にいような？」

ふっ、と蕩（とろ）けるように微笑まれて、今度こそ心臓が止まってしまうかと思った。

妹と呼びながら、どうしてそんな表情をユフィに向けるのだろうか。こんなやりとりは、兄妹は絶対にしない。

（こんなの、まるで恋人同士みたいじゃない）

違うとわかっていても、全身が熱くておかしくなりそうだ。

ついさっきまで腹立たしくてたまらなかったのに、結局ユフィも顔の良い男には敵わない駄目な小娘だったのか。

――それとも、相手がネイトだからなのか。

「……おや、そちらにいるのはセルウィンか？」

そんなユフィに助けを出すかのように、どこからか呼び声がかかった。

ネイト越しに見えたのは、かなりガタイの良い中年の男性だ。

身なりは貴族のような華やかなものだが、胸元に勲章バッジがついているので、騎士団の関係者なのかもしれない。ということは、家名呼びでも指しているのはネイトである。

「兄さん呼ばれているわよ」

「ああ、騎士団の人間だな。まったく、すぐに邪魔が入る」

チッと、頭上からかすかに聞こえた舌打ちを確かめる間もなく、ネイトはユフィから手を離すと彼に向かって振り返り、騎士らしい礼の姿勢をとった。

途端に彼は嬉しそうに笑って、ネイトに大振りの手招きを向けてくる。

「ほら。いってらっしゃい、兄さん」

「ユフィも一緒に……」

「行かないわよ。妹なんてついていっても、お邪魔になるだけじゃない。それとも、私に合う年のご子息がいらっしゃる方？」

「いや、面倒なご息女がいるだけだ」

ネイトが嫌そうな態度を見せたのでもしやと思えば、男の大柄な体の後ろに、そわそわした様子の少女の姿が見えた。やっぱりネイト狙いのようだ。

(兄さんは本当にモテるのね)

今までそんな話は全く聞かなかったのに、最近になって急に増えた気がする。

何か原因があるのかと考えて……社交界デビューがきっかけだと気づいた。

(そうか。私にくっついて夜会に行くようになったからだわ)

きっと今までも散々モテていたのだろうが、夜会という出会いの場に行くようになったから、相手方も積極的に動くようになったのだ。

彼のせいで妹は全敗中だというのに、神はつくづく不公平である。

「ちょうどいい、ご息女を断るのと一緒にグレイのことも話してくる。ユフィが見える位置で話すから、ここから動かないようにな」

「兄さんが会場にまで来た時点で、逃げるのは諦めたわよ」

心からの嫌味を込めて答えたのに、ネイトはニコニコと笑いながら男のもとへと向かっていった。

本当に、あの男は妹をどうしたいのか、何度話しても謎だ。

(少なくとも、この夜会で出会いを期待できないのは確定だけどね……)

軽く周りを見れば、ユフィと同じ年ぐらいの男女が楽しそうに談笑している。

貴族の世界はきれいなだけではないと知っていても、端から見る分には楽しそうであるし、輝いているとも思ってしまう。

そして、ユフィがただ眺めている間にも良い条件の男性から縁を繋いでいき……行き遅れという悲しい結末が近づいてくるのだ。

(そうなったら恥ずかしくて王都にはいられないわ。でも、独身のまま領地に戻ってもね)

ユフィを可愛がってくれた領民たちは、次代の領主とその子どものことも期待してくれている。特にユフィは、例の体質のせいで外出をあまりしなかった時期があるので、なおさら子どもが生まれることを期待しているはずだ。今度こそ、幼い頃からいっぱい可愛がってやりたい、と。

(せめて、私が一人娘じゃなければねえ)

やはり、ネイトがお嫁さんを迎えて爵位を継ぐほうが確実かもしれない。

それだとセルウィン家の血自体は絶えてしまうが、ユフィが婿を見つけてくるよりは、断然早く決められそうだ。

……人間ではないネイトが、その未来を受け入れるかどうかはわからないが。

「またあの子じゃない……」

「いやだわ、本当に恥知らずで」

(ん?)

そうこう考えていたら、また聞き慣れた嫌な台詞が耳に届いた。どうやら、ユフィから少し離れた隅に集まっている女性の塊からのお小言らしい。

(私に文句を言うヒマがあるのなら、あなたたちが兄さんを口説き落としてくれればいいのに。そうしたら私だって、喜んで兄さんから離れるわよ)

しかし残念ながら、ユフィに文句を言うような手合いは、大抵言いたいだけで動く気はないので困ってしまう。本当にネイトを狙っている女性は、とっくに動いているのだから当然か。

「いつもネイト様を拘束して、何様のつもりなのかしら」

（はっ⁉）

いつもなら適当に聞き流すところだが——今の台詞は聞き捨てならない。

ユフィがネイトを拘束しているなんて、とんだ勘違いだ。拘束されて困っているのはユフィのほうなのに。

（でも、皆にはそう見えてるのね……それは印象が良くないわ）

ネイトは傍にいる間、他人がユフィに近づくのを許さない男だ。

だがもしその過保護行為を〝ユフィがさせている〟と思われているのなら、ネイトが傍にいない時でもユフィに近寄りたいとは思わないだろう。

さしずめ、美しい兄を束縛するわがままな妹といったところか。

（な、なんてこと……）

もともと社交界は、噂が出回るのが早い場所だ。これが悪評として広まってしまえば、もしネイトをどうにかできたとしても、出会いを求めるのは難しくなってしまう。

……いや、もうなっているからこそ、きっと家に縁談が来ないのだ。そうでなければ、社交界デビューしたばかりの健康な娘に、なんの話も来ないのはおかしい。

しかも、束縛している（と言われている）相手は有名人のネイトだ。ユフィの印象が悪すぎる。

(兄さんのせいで、私はとんだ悪女じゃない！)

絶望に沈むユフィの耳には、なおも遠慮のない嫌味がボロボロ飛び込んでくる。

いちいち聞いていても仕方ないし、ある程度は慣れたと思っていたが、悪く言われて喜ぶ趣味はもちろんない。気にしないように努めていただけなので、いざ意識するとやっぱり悲しくなってしまう。

ユフィがしょんぼりと俯いてしまえば、彼女たちの機嫌が良くなったように感じる。悔しいが、今夜は色々と挫かれていることもあり、反論する元気も出てこない。

「そういえば、ネイト様がジュディス様とご一緒のところを見た子がいるみたいよ」

一通り言いたいことを言った彼女たちは、そのままネイトの話題へ移行したようだ。

ジュディスは外出を控えていると聞いたが、完全に引きこもってはいないらしい。彼女たちの声色は、より明るいものへと変化していく。

「お二人が並ぶと本当に素敵で、もう絵画を見ているようだったそうよ」

「わたくしも見てみたかったわ……ジュディス様なら、ネイト様にもお似合いでしょう」

(ええ、本当にね)

これについては、実際にユフィも見ているので頷くばかりだ。

非の打ちどころのない侯爵令嬢と、理想の騎士像を貫く美貌の伯爵令息が並んだ様子は、それはもう素晴らしかった。

その上、彼は夜闇の中の襲撃から颯爽とジュディスを助け出しているのだ。まさしく、恋愛小説の騎士と姫君のようではないか。

（あの二人は、本当にお似合いよ）

彼女たちの言葉を借りるわけではないが、ユフィよりもよほど似合うとユフィ本人も思う。

（…………なんだか、胸が痛い）

ずきんと鈍（にぶ）い痛みを訴えてくる胸を、胸元の飾りごと強く握り締める。

ネイトが誰と一緒にいても、誰と結ばれても、妹には関係のない話だ。

むしろ、ネイトが身を固めてくれれば、ユフィにとっても良いことのほうが多い。なのに、ただの噂話を聞いても胸が痛いだなんて、どうかしている。

（錯覚だと思いたいけど、私も私でブラコンなところがあるのかもしれないわね。お互いのためを思うなら、やっぱり距離をとるべきだわ）

今夜だって、どうせネイトがいる限り、何もさせてもらえないだろう。ならばもう諦めて、父伯爵に相談をしに帰ったほうが賢明かもしれない。

多少強引にでもネイトから離してもらわないと、ユフィの未来は真っ暗だ。仲良し兄妹の時間は、もう終わりにしなければ。

（でないと、私は……）

——答えを出そうとした瞬間、突然夜会の会場がざわりと騒がしくなった。

何事だとユフィも顔を上げれば、意外にも原因は、すぐ視界に飛び込んでくる。

純白の騎士制服をまとうネイトの隣に、深い藍色のドレスを着た女神が並び立っていたのだ。

（ジュディス様⁉）

その美しすぎる容貌は、離れていても見間違えるはずがない。

芸術品のようなネイトの隣に立っても引けをとらないどころか、完璧な対比として並び立てるのは、ユフィが知る中では彼女一人だけなのだから。

今夜のジュディスは、先日ユフィが着つけてもらったものよりも何倍も色っぽいマーメイドラインのドレスを着用しており、輝くブロンドが水の流れを模してこぼれ落ちる。真っ白な肌は濃い色のドレスと対照的で、より艶っぽく魅せてくれる。

衣服は白いが褐色の肌と黒髪のネイトとは、完全に真逆の色合いだ。だが、それがまた〝対（つい）〟であるように見えて、ユフィも目が逸らせない。

（なんて、お似合いの二人なのかしら）

別に密着しているわけでも、踊っているわけでもない。ただ二人は並んで、言葉を交わしているだけだ。

だというのに、そのあまりの美しさと華やかさに、ユフィはもちろん、会場じゅうの参加者たちが魅入ってしまっている。もちろん、先ほどまでユフィに嫌味を言っていた女性たちもだ。

（こんなの、私が〝勝てるわけがない〟わ）

いつの間にか、そんな絶望めいた思いが、胸の中に広がっていた。

「ユフィ、待たせたな」

あれこれと考えている間に、ネイトの話は終わったらしい。

はっと気づけばすでにジュディスの姿はなく、会場ももと通りのほどよいにぎやかさに戻っていた。

視線を動かせば、噂をしていた女性たちももういない。

「ん？　どうかしたのかユフィ。なんだか暗い表情だな」

「原因は九割兄さんだけど、気にしないで」

「……何かあったのか？」

大きな手のひらが、確かめるようにユフィの頬に触れる。

こんなやりとり、きっと普通の兄妹ではしない。普通じゃない自分たちでも、するべきではない。

「だから気にしないでよ。それより、ジュディス様はよかったの？　さっき一緒にいたわよね？」

「ああ、今夜はどうしても挨拶をしなければならない相手がいたらしい。それが終わったらすぐに帰るそうだ。わざわざ俺に報告をしてくれる辺り、律儀（りちぎ）な方だな」

「律儀なだけ、かしらね……」

会場に視線を巡らせてみるが、特に騒がしいところはない。ネイトの話通り、きっとジュディスはもう帰ったのだろう。

（本当は、皆もジュディス様と話したかったでしょうけど）

直前に最強騎士のネイトと話したことで、それが牽制（けんせい）になったのだ。そうでなければ、あの女神のような女性を、夜会の参加者たちが逃すとは思えない。

——本当に牽制〝だけ〟だったのかどうかは、ユフィにはわからないが。

「ユフィ？　どうした？」

ネイトのほうには、これといって変わったところはない。話しに行くと言って別れた時と同じ、いつも通りのネイトだ。

「……なんでもないわ。それより、私たちも早く挨拶に伺いましょう。それが済んだら帰るわ」

「そうなのか？　せっかく来たのに、踊ったりしなくていいのか？」

ネイトの視線が示すのは、奥に用意されたダンス用のスペースだ。先日の夜会と違って会場が大きいこともあり、多くの人々が音楽と踊りに興じている。

「俺はユフィと踊ってみたいな」

「私は兄さん以外の人となら踊るわ」

「じゃあ仕方ないな。今夜は帰ろう」

手をエスコートの形で繋ぐと、ネイトは人波を縫って主催者のもとへ器用に進んでいく。

踊りたいのなら別の女性と踊ればいいだろうに、ユフィにしかそういうことを言ってこない兄が今は少し切ない。

それとも、もしまだ会場にジュディスがいたら、彼女とは踊っただろうか。

（……あーあ。いつか、兄さんじゃない人と踊れる機会があるといいな）

煌びやかで美しい会場を眺めながらも、空虚な気持ちで胸が埋まっていく。

その後も結局、ユフィの気分が浮き上がることはなかった。

＊＊＊

――最後に参加した夜会から、早三日も経ってしまった。

自室に運ばれた紅茶と菓子をなんとなくいじりながら、ユフィはため息をこぼす。

……あの後、グレイからは丁寧な謝罪の手紙をもらったが、以降全く音沙汰はない。失敗してしまったあの夜会の日が、彼との最後の邂逅（かいこう）になってしまった。

（話しやすくていい人だったのに、残念だわ）

果たしてネイトが何かをしたのか、それとも彼がユフィと関わりたくないと思ったのか。真相を確かめたくても、もう難しそうだ。

「失礼いたします、お嬢様。旦那様がお呼びですよ」

本日何度目かのため息をつこうとして、扉の向こうからの声に止められる。

「ようやくね。すぐに行くわ」

淑女らしからぬ仕草で紅茶を一気にあおったユフィは、裾を摑んで早足で自室を出た。

……最近ますます淑女らしさが欠けていて、よくない傾向だと自分でも思う。これでは結婚が遠のくばかりだとわかっているのに、なかなか直らない。

（多分、そればかり考えているから、行動が荒れてきているのだけどね）

いい加減、婚活以外のことにも思考を向けたいが、ひとまずはこの問題を父に解決してもらわないと話にならないのだから。

——そうでないと、ユフィはもう動けないのだから。

（今のお父様にお願いするのも、申し訳ないけどね）

実はこのところ父伯爵はずっと忙しくしていて、食事すら一緒にとっていないのだ。なんとか、と頼み込んで今日やっと時間をとってもらえたのだが、それだってわずかな間だけだ。

伯爵位ともなればもとからそれなりに多忙ではあったが、最近の忙しさは異常だ。もしかしたら、父もジュディスが関係する一件に関わっているのかもしれない。

「お父様、ユーフェミアです」

「ああ、待たせたね。お入り」

ノックと共に声をかければ、父からもすぐに返事が聞こえる。

一度しっかりと深呼吸をしてから入った書斎の中では、少し痩せた父が執務机の前で立っていた。

「ああ、私の可愛いユフィ。すまなかったね、ずっと忙しくて……」

「えっ？　いや、はい」

改めて挨拶をしようかと思えば、フラフラした父はユフィに近づくと、きゅっと両手でユフィの手を掴んできた。

父の手はカサカサに乾燥していて、指先もずいぶん傷んでいる。ずっと仕事に勤しんでいて、労るヒマもなかったのだろう。

「お、お父様、とりあえず座ってください。お話は座ったままでもできますから」

「ああ、そうだね」

思っていた以上に父が弱っていることに驚いてしまったが、しかし話をやめるわけにはいかない。今日の時間だって、三日も待ってやっととってもらったのだ。

頼みごとをするのは、今日この一回で終わらせなければ。それが父のためにもなる。

「すみません、お父様。私がお手伝いできればよかったのですが」

「いやいや、いいんだよ。その気持ちだけで充分だ。ユフィに見せられない仕事が悪いのだからね。ネイトの仕事とも絡んで、本当に厄介だよ……」

「は、はあ」

執務机に座り直した父は、どこか忌々(いまいま)しげに積まれた書類の山を叩いた。

ユフィもいっぱしの令嬢として教育は受けているので、領地に関わることならば手伝えるのだが、今父がつきっきりでやっている仕事は、ユフィが見てはいけないものらしい。なので、忙しい父を労うことすらできなかったのだ。

その辺りからも、やはりジュディスにまつわる問題なのでは、と感じている。

……格上の侯爵家とはいえ、他家が大きく関わるような仕事が、何故父に振られているのかはわからないが。

「それで、私に話があるのだったね。どうしたんだい？」

「はい。正直なところ、今の忙しいお父様に頼むのも心苦しいのですが……」

気をとり直して、ユフィは口を開く。

実はもう何度も頼んできて、とり合ってもらえなかったことなのだが、そろそろ限界だ。父に動いてもらわないと、今のユフィは前にも後ろにも進めない。

「私と兄さんの結婚相手を、お父様に決めていただきたいのです。もし私のほうが難しいなら、兄さんだけでも構いません。私たちを、離して欲しいのです」

背筋を伸ばし、お腹の前で手を組み、視線はまっすぐ父に。領地で家庭教師に教わった通りの姿勢で、ユフィははっきりと要望を告げた。

ユフィが真剣であると、父にも伝わるように。

「ユフィ……それはまた、どうしたんだい？」

「何度も申し上げていますが、兄さんがいる限り、私が結婚相手を見つけるのは不可能だとわかりました。私自身に至らない部分があることも認めます。ですが、出会いの機会すら潰される今の状況では、私には何もできないのです」

「ユフィ……」

「私がどのように言われているか、ご存じないわけではありませんよね？」

「…………」

ユフィの問いかけに、父は困ったように眉を下げる。

ユフィ本人だって毎回聞いているのだ。情報収集に余念のない貴族の当主が知らないはずない。

「兄さんは素晴らしい人です。皆が憧れる理想の騎士であり、誰もが兄さんの美貌に目を奪われます。一方で私は、彼の隣に相応しくはありません」

「そんなことはない。私の娘は、とても可愛いよ」

「そう言ってくれるのが身内だけの生活にも、疲れてしまったんです」

「…………」

ユフィだって、毎回必死に着飾ってはいる。腕の良いモリーが素材以上に仕上げてくれるから、姿見を覗く時はいつだってわくわくしているのも確かだ。

しかしネイトが隣に立った瞬間、あっと言う間に付属品に成り下がってしまう。

彼自身の美貌と、目立つ真っ白な騎士制服が全ての注目を奪って、ユフィの出会いの機会を阻(はば)んでしまうのだ。

ユフィが着飾っても誰も見てくれないと思い知らされるのも、こう毎回では疲れてしまった。

その上、煌びやかな会場を楽しむヒマも与えられないばかりか、ユフィが悪いかのように陰口を叩かれるので、『行くんじゃなかった』と思って帰ってくることの繰り返しだ。

齢(よわい)たった十六の小娘の心には、思っていた以上に堪えた。

「相手を決めるのは、何も今年じゃなくてもいいだろう？　お前は社交界に出たばかりじゃないか。焦る必要はない。疲れてしまったのなら、今年はもうゆっくりすごすといい。領地に戻っても構わないよ」

「私が領地へ戻ったら、兄さんの相手を決めてくれますか？」

「……それは、ネイト次第(しだい)だね」

ひどく言いづらそうに答える父に、ユフィの視線も下へと落ちていく。

ネイトは素晴らしい男性ではあるが、セルウィン伯爵家とはなんの血の繋がりもない。

ゆえに、彼の縁談を決めることは、父の義務ではないのだ。というより、その権利もない。

（だから、私のほうに縁談を持ってきてと再三頼んできたけど、なんの音沙汰もなし。お父様が動く気配もなし。私はどうしたらいいのよ）

上手くいかないことばかりで、頭がぐるぐるしてくる。

ひょっとしたら、ユフィが家のためにと婚活に勤しんでいることそのものが、不要なことなのかもしれない。

貴族の娘に生まれた義務を全うしなければと思っているだけなのに。

「ねえ、ユーフェミア。私の可愛いユフィ。……お前は、ネイトのことが嫌いかい？」

ふいに、父の声がゆっくりとしたものになった。

優しく、語りかけるような。あるいは、確かめるような聞き方だ。

ユフィと同じ、凪いだ湖のような碧眼が、静かにこちらを見つめている。

「私、は……別に」

「ユーフェミア」

「…………嫌いになれなくて困っているから、お父様に引き離して欲しいんですよ」

ユフィも、躊躇（ためら）いながら、ゆっくりと答えた。

……ああ。この人はやはり、ユフィの『父親』だったと、思い知らされる。

（お父様には、バレてるのね……）

――――なんてことはない、これが全てだ。

ネイトのせいで婚活は上手くいかないし、女性たちから嫉妬も受けるし、夜会も楽しめない出会いもない。ネイトのせいで、行き遅れ街道まっしぐらだ。

なのに。それなのに……ユフィはあの男を嫌いにはなれない。逃げようと思っても逃げられないのは確かだが、そこで諦めているのが答えなのだ。

ネイトを本気で嫌がっているのなら、逃げられる手段はあるはずだ。……多分。

だけど、ユフィは本気では嫌がっていない。

彼の兄らしくない触れ合いを、駄目だと思いつつも受け入れてしまっている。名前を呼ばれて微笑まれる度に、胸がどきどきして『嬉しい』と思う自分がいる。

……考えれば考えるほど、中途半端なのだ。

ネイトのせいで上手くいかないとわかっているのに、彼から本気で離れようとはしていないのだから。

「私……自分が一番、嫌です」

父の前だとわかっていても、つい力が抜けてへたり込んでしまう。

もう本当に、どうしたらいいのか、わからない。

「助けてください、お父様。私はどうするのが正解ですか？　家のために結婚をして、跡継ぎを産むのが『務め』だと思っていたのです。でも、なんにも上手くいかなくて……」

いっそのこと、出世欲の強い家のようにユフィを駒として扱ってくれたなら、悩むこともなかったのかもしれない。

だけど、ユフィの両親はちゃんと娘として育てて、可愛がってくれたから。余計な感情ばかりを覚えてしまった。

「社交界ではデビューした年が一番価値があって、あとはだんだんいらなくなっていくのだと聞きました。今ですら駄目な私は、どうしたらいいのですか？　指示をください、お父様。でないと……私は兄さんから、離れられない」

ぽたり、と。

ずっと我慢していた涙が、一筋だけこぼれ落ちる。

自分は妹で、彼は兄だ。血の繋がりはなくても、十年前から決められた線引きがそこにはある。だからどうか、第三者に引き離して欲しい。そうでないと、動き方がわからなくなってしまう。

……彼を『兄』と思えなくなってしまう。

「すまない、ユフィ。そんなに悩んでいたんだね」

執務机を再び越えて、父はユフィの肩を抱き寄せると、そのまま近くの応接用のソファに座らせてくれる。

温かく優しい感触。けれど、それを〝ネイトとは違う〟と考えてしまう時点で重症だ。

妹なのに、自分は兄を意識してしまっているのだ。そんなもの、認めたくないのに。

「役立たずの娘ですみません……でも、私は……」

「役立たずなんかじゃないよ。大丈夫。でも、すまない……今はまだ、私も動けないんだ」

どこか苦しそうな言い方で、父が囁く。

まだ動けないとは、どういう意味なのだろう。彼こそがこの家の当主であり、彼の発言が全てを動かすはずなのに。

「それは、今お父様が忙しいこととも関係があるのですか？　伯爵家以上の誰かが、お父様に何かをさせているのですか？　やっぱり、ファルコナー侯爵が？」

「侯爵に、させられているわけではないよ。これは、私が進んでしていることでもあるんだ。すまないね、ユフィ。今はまだ、お前には言えないんだ。私は可愛いお前を、危険なことには巻き込みたくない」

「危険なこと……？」

妙に真剣な表情で話す父に、さあっと血の気が引くような感覚を覚える。

本邸で暮らしていた頃はもちろん、王都に来てからも身の危険など感じたことはない。

そんな体験など、人生でたった一度だけ。ネイトと出会ったあの時だけだ。

(私が守られているのはわかるわ。一応、貴族の令嬢だもの。でも今、何かが起こっていて、その対応にお父様たちは追われているってこと？)

心臓が先ほどとは違う理由で激しく鼓動する。

すぐに思い当たることといえば、やはりジュディスを襲った魔物の件だ。

「……あの、本当に魔物が出ているのですか？　ファルコナー侯爵は、あの魔物を〝誰か〟が仕向けたようにおっしゃっていた気がします。本当に、そうなのですか？」

「そうだね、お前の身の安全のためにも、否定はしないでおこうか。色んなことが繋がっていてね、正直、私たちも手いっぱいなんだよ」

「それは、最近のお父様を見ればわかりますが……」

父は苦笑を浮かべながら、ぽんぽんとユフィの髪を優しく撫でる。

もどかしいような、悔しそうにも見える表情から察せられるのは、これ以上は言えない、ということだろう。

「でしたら、せめてこれだけはお答えください。私は、何をすればいいですか？」

「心のまま、素直に生活をして欲しい、かな。私はいつだって、お前たちの幸せを願っているよ。どうか、これだけは信じておくれ」


「……参ったな」

——結局、何も進展することがないまま、ユフィは父の書斎を出た。

聞けないことは仕方ないのはわかっているのだが、それにしたってモヤモヤしてしまう。

家族が仕事に追われている中、自分だけが何もできずに無為に時間を使っているなんて。やはり悲しいし、空しい。

（私だけ関われない。私だけ役立たず……）

婚活も上手くいかなければ、家でもできることがない。これでは、ユフィの存在意義そのものを問いたくなってしまう。

この家の一人娘は、一体なんのために頑張ればいいのだろう。

「ああ、駄目だわ。考えたらお腹痛くなってきた」

父は幸せを願っていると言ってくれたが、話を終えてからずっと、同じ考えが頭をぐるぐるしている。――ユフィはいらないんじゃないか、という考えだ。

(こういう言い方も悪いけど、政略の駒扱いされたほうがマシだったわ。まだ自分の利用価値を感じられるもの)

社交界デビューをしたばかりの〝もっとも使える時期〟の娘だというのに、縁談を持ってくることもなければ、やるべきことの指示すらしてくれない。

「私、なんのためにいるのかしら」

夜会の失敗続きや釣書が届かないことも相まって、自己評価は下限知らずに下がり続けていく。

このままだと心の病を患いそうだ。

「お、お嬢様!? どうなさったのですか!?」

書斎の扉の前で一歩も動けなくなっていると、ユフィを見つけたモリーが血相を変えて駆けつけてくれる。廊下を走るなという執事の声にも構わず。

「顔色が真っ青ですよ。旦那様と何があったのですか?」

そっと触れる手が、強張った体を溶かしてくれるように温かい。

彼女の外見のきれいさを自分と比べて、つい卑屈になってしまうことも多いが、やはりモリーはとても素晴らしい侍女だ。彼女に世話をしてもらえる自分は、本当に幸運だ。

「お父様は何も悪くないのよ。自分の価値のなさに、私が勝手に落ち込んだだけ」

「そんなことはありません！　お嬢様はいつだって、攫っていきたいぐらいに可愛らしいです！　なんてことをおっしゃるのですか……」

「いや、同性に攫われても困るんだけど」

こうして冗談を言って和ませてくれる部分も、とても好ましい。モリーが女ではなく、男であったら、きっと惚れてしまっていただろう。

「ねえ、モリー。私はどうしたらいいと思う？　縁談も釣書ももらえなくて、夜会はほぼ全敗。それなのに、お父様は『大丈夫だ』とおっしゃるの。私の存在意義って何かしらね」

「お嬢様はそこにいらっしゃるだけで、充分すぎるほど価値があります」

「そう言ってくれるのはありがたいけど、実際はただの役立たずでしょう？　貴族はそれでは成り立たないわ」

「お嬢様……」

悲しげに目を伏せるモリーに、罪悪感が募る。これではただの八つ当たりだ。

今になって存在意義を見失っているのは、ユフィ自身のせいだというのに。

「……ごめんなさい。変なことを言ってしまって」

「いいえ。ただ、一使用人の私では、お嬢様のご質問に対する答えを持ち合わせておりません。ですが、気分転換を提案することはできます」

「気分転換？」

ユフィが訊ねれば、モリーは優しく微笑みながらユフィの手をぎゅっと握ってきた。

「お嬢様は婚活を頑張りすぎて、お疲れなのですよ。今日はお手紙への返信などもお休みして、少し街へ出てみませんか？　私でよろしければ、お供させていただきます」

「街、か……」

そういえば、せっかく王都へ出てきているのに、ユフィが自分の足で買い物に行った記憶はほとんどない。

基本的な買い物は使用人たちが済ませてくれるし、高価なものは商人が屋敷まで訪ねてきてくれるので、出向く必要がないのだ。

（領地にいた頃は、皆の生活を確認する意味でも、よく街を覗いていたものね）

何を買うという目的がなくても、通りを眺めているだけで楽しかったものだ。父から欲しい答えを得られなかったことだし、気分転換は良い案かもしれない。

「……そうね。モリーの都合がよければ、付き合ってもらってもいいかしら？」

「私はお嬢様付きの侍女です。お嬢様に付き添うためにいるのですから、わざわざ聞かなくてもよいのですよ。そこはぜひ、私についてこいとご命令くださいませ。喜びますので！」

「犬じゃないんだから」

にっこりと満面の笑みを返してくれる彼女に、沈んだ心が温かくなるのを感じる。

言っていることは少々すっ飛んでいる気がするが、おかげで気分も浮上したので、彼女には感謝しておこう。

＊　＊　＊

さて、父と話をしてから一時間ほど経っただろうか。

あの後モリーが早速支度をしてくれたので、ユフィは彼女を伴って街に出てきていた。

(やっぱり陛下のお膝元となると、きれいな街ね)

セルウィン伯爵領もにぎやかで良いところだったが、王都の城下街ともなれば、やはり行き交う人の数も多く、活気が違う。

地面は歩きやすいようにしっかりと整備されているし、馬車と人の歩く道も柵で分けられているので、周りを心配せずに店を見ることができる。

建物の造りもお洒落なものが多くて、見ているだけでも楽しくなってくる。

「もっと早く街に出ればよかったわ」

「お嬢様は、とにかく婚活に一生懸命でしたからね」

「そうね、恥ずかしい話だわ」

貴族の娘たるもの早く結婚をしなければ、と義務を言い訳にして、囚われすぎていたのかもしれない。

苦笑を返せば、モリーも穏やかに笑いかけてくれる。

膝までの藍色のワンピースと同色のケープ、足元には革のブーツを合わせた比較的地味な装いは、二人でおそろいだ。どうやらこれは、セルウィン邸の使用人に支給されている服の一つらしい。

制服というものに縁のない〝ご令嬢育ち〟のユフィとしては、同じ服を着て歩けるのはとても新鮮な気分だ。

……まあ、着ているものが同じ分、スタイルの差がしっかり出てしまっているが、それもそれで個性として楽しめる気がする。

「何かお好みのものはありましたか？」

「ううん、今日は気分転換に来ているだけだから。見ているだけでも楽しいわ。でも、この前読んだ小説がとても面白かったから、同じ作家の本があるなら探したいかも」

「ああ、あの恋愛小説ですね。でしたら、本屋を覗いてみましょう！　確かこちらの通りにあったはずです。さあお嬢様、お手を！」

「もう。子どもじゃないんだから、手を繋がなくても歩けるわ」

モリーもモリーで少々過保護なところがあると感じつつも、こうして一緒にいてくれることを嬉しく思う。

もし姉がいるとしたら、彼女のような感じなのだろうか。

（過保護な兄に過保護な姉か。守られてばっかりね、私）

早く成長しなければと思う反面、こうして自分を想（おも）ってくれることを嬉しくも感じているので、困ったものだ。

いつか、彼女の献身にも報（むく）いることができたらいいとは思うが。

「…………ん？」

そんな風に、モリーと楽しく歩いていられたのも束の間。

何気なく見た通りの反対側の店に、よく知っている白い上着が見えた。

「騎士団の制服？」

どうやら店はカフェのようだ。テラス席のお洒落なテーブルの一つに、たいへん見覚えのある真っ白な制服を着た人物が座っている。見えているのは背中側だが、頭部の髪色は黒い。

「あら、もしかしてあれは、ネイト様でしょうか？」

ユフィの視線に気づいたモリーも、同じことを思ったのだろう。

この国の民は色素が薄い者が多いので、濃くてもせいぜいイアンのような焦げ茶色止まりだ。炭のような真っ黒な髪色は、よその国から来た者でしか見ない。

そして、騎士団で黒髪といえば、ネイトしかいない。

「ご休憩中でしょうか。どうします、お嬢様」

「仕事中かもしれないわ。邪魔をしたくないし、行きましょう」

「お嬢様は真面目ですね。挨拶ぐらいはしても怒られないと思いますが」

声をかけてみては、というモリーをそれとなく止めて、ユフィはネイトがいる店とは反対方向へ足を向ける。

確かに、挨拶ぐらいならば咎められることはないだろうが、今はユフィが顔を合わせたくなかったのだ。

ネイトについては、色々と思うことが多すぎる。

父との話もまとまらなかった以上、今のユフィはできる限りネイトと距離をとっておきたい。彼にも、そのほうがいいはずだ。

「もう行きましょう、モリー」

「は、はい」

なおも止めようとする侍女を、やや強引に連れていこうとして――しかし次の瞬間、ユフィの視界にもう一人知っている人物が入ってきてしまった。

「あ……」

ネイトの向かい側には、女性が座っていた。白を基調とした、フリルの多い可愛らしいワンピース姿の若い女性だ。

衣服は決して華美ではないものの、彼女本人の美貌をよく引き立たせるセンスの良い仕立てだ。細い肩を流れ落ちるブロンドも、毛先まで手入れされていて絹のよう。

長いまつ毛が縁取る琥珀色の瞳が、ネイトに向かってふんわりと微笑んだ。

「……ジュディス様」

「えっ⁉」

思わず呟いてしまった名前に、モリーも足を止めてバッと顔を向ける。

淑女の中の淑女として名高い彼女は、もちろん使用人たちの間でも有名だ。モリーも一度は見ておきたかったのだろう。

（どうして、あの二人が一緒にいるの……？）

胸の奥が、ずきんと刺すように痛む。

一緒のテーブルについて、にこやかに談笑しているジュディスは、とても楽しそうな雰囲気だ。当然、何を話しているのかなどわからないが、会話が弾んでいることは充分に伝わってくる。

未婚の男女が、二人で出かけて笑い合っている。……その関係を指す名前なんて、そう多くはないだろう。

（そっか、あの二人――本当に恋仲だったんだ）

あの襲撃の夜からそれほど時間は経っていないが、命を救ってくれた美貌の騎士に惹かれてしまうのは自然なことだし、恋の始まりとしてはありふれている。ユフィが好む恋愛小説でも、よく見る王道の展開だ。

ジュディスもヒロイン役にはぴったりの女性だ。絶世の美貌を持ち、実家も有力な皆の憧れの淑女。あの二人は、まるで物語そのものだ。

妹のユフィが割り込む隙など、どこにもない。

「……あら？」

ただ呆然と二人を眺めていたら、ジュディスの琥珀色の瞳が、ユフィの視線と絡み合った。

「……ユフィ？」

そして、聡いネイトが彼女の動きに気づかないはずもない。

「…………」

逃げる間もなくこちらを振り返ったネイトに、なんとも居心地の悪さを覚える。

今日のユフィは、別に怒られるようなことはしていない。使用人の服を借りているのも街へ下りるのならままあることであるし、護衛役を兼ねた侍女だってちゃんと一緒にいる。

ネイトに怒られる理由はないのに――今は彼に会いたくないと思ってしまった。

……いや違う。見たくないものを見てしまった、のほうが近いだろうか。

（ジュディス様と一緒にいるところで、会ってしまうなんてね）

今の気分を悟られたくなくて、ユフィは二人に向かって淑女の礼をとった後、急いで背を向けて足を踏み出した。

それはもう、逃げ出したと受けとられても仕方ないぐらいの素早さで。

「あ、あれ？　お嬢様、どこへ？」

「早く行くわよモリー。二人の邪魔をしてはいけないわ」

「ですが、ネイト様が……」

「ユフィ」

モリーが言い終わるよりも早く、ユフィの腕が誰かに掴まれた。

……誰か、なんて考えるまでもない。モリーもジュディスも、剣を握る者特有の皮の硬い手など持っていないのだから。

通りの反対側の店にいたのに、よくこんな早さでこちらへ来られたものだ。

「せっかく会えたのに、どこへ行くんだ？」

「せっかくも何もないでしょう。邪魔はしないわ」

「邪魔？　仕事ならもう終わったぞ」

「は？」

ユフィが思わず振り返れば、嬉しそうに微笑むネイトと目が合った。

彼の背後には、テラス席から去っていくジュディスと、彼女に付き添う二名の騎士の姿も見える。

「ジュディス様とデート中じゃなかったの？」

「デート？　俺は話し相手役みたいなもので、彼女といたのは仕事だぞ。それももう終わるところだったし、ユフィがいるならユフィを優先するに決まってるだろう」

「いや、妹を優先しちゃ駄目でしょう」

もう一度ジュディスの様子を窺えば、彼女は今まさに迎えに来た馬車に乗ろうとしていた。

騎士たちも、すぐ隣で馬に乗って準備をしている。どうやら本当に帰るところだったらしい。

「それで？　ユフィは街で何をしているんだ？　買い物なら、荷物は兄さんに任せろ」

ネイトはジュディスのほうを一切見ることなく、自信満々の笑顔をユフィに向けてくる。恋人との別れ際にしては、あまりにも素っ気ない態度だ。

「私は気分転換に来ただけよ。それに、もう帰るわ」

「そうなのか？　じゃあ、俺も一緒に帰ろう。今日は直帰の許可をもらってあるしな」

ネイトを避けようと思ったのに、彼は当たり前のようにユフィの腕を自分の腕に絡ませると、颯爽と歩いていく。

とっさにモリーに助けを求めようとするが、彼女はきれいな姿勢で会釈をすると、御者のもとへと駆けていってしまった。

……やはり、ネイトが絡むとユフィの味方はいなくなってしまうようだ。

(今は兄さんに会いたくなかったのに、どうして……)

本当に嫌ならこの手を振り払ってしまえばいいのに、温かくて離れられない。十年という時間は、彼を信頼するのに充分すぎたのかもしれない。

ほどなくして、二人のもとにセルウィン家の馬車がやってきて、ユフィの短い気分転換の時間は終わりを告げた。

「本当に何も買っていないじゃないか。よかったのか?」

乗り慣れた自家の馬車の中、規則正しい蹄の音を聞きながら、ユフィはネイトと向かい合って座っている。

なんの気を利かせたのか知らないが、モリーは御者席のほうへ行ってしまったので、座席にいるのは二人だけだ。

夜会通いで嫌というほど見た光景なのに、今日はどうにも居心地が悪くて仕方ない。

「街に出たかっただけだからいいのよ。……たまには、婚活以外のことがしたかったの」

「そうかそうか、ずっと同じことばかり考えていたら飽きるものな」

あえて素っ気なく答えるユフィにも、ネイトはニコニコと笑みを浮かべたままだ。

仕事が早く終わったことが、よほど嬉しかったのだろうか。

（それとも、ジュディス様と一緒だったから機嫌がいいの？）

それならむしろ、彼ら二人の時間を邪魔してしまったユフィを怒りそうなものだが、よほど楽しい一時をすごせたのだろうか。

カフェで見たジュディスの楽しそうな笑顔が目に焼きついていて、どうにもモヤモヤしてしまう。向かいに座っていたネイトは、あの時どんな顔で、どんな話をしていたのだろう。今ユフィに向けているような笑顔を、彼女にも見せていたのだろうか。

「……兄さんは、ジュディス様の話し相手なんて務めていたのね。二人でどんなことを話したの？」

「まあ、なりゆきでな。俺はほとんどユフィのことしか話していないぞ」

答えてくれないかなと思いつつも訊ねれば、ネイトはなんてことないように答えてくれた。しかし、逆に疑問が募る返答だ。

（私のことって、何かしら？）

完璧な淑女であるジュディスに、話すようなことなどあっただろうか。

彼女と比べれば駄目な部分ばかりのユフィだが、ネイトもジュディスも人の悪口に花を咲かせるようなタイプとは思えない。

第一、彼女は笑っていたのだから、きっと楽しい話題だったはずだ。

「もしかして、私の婚活が上手くいっていないことを話したの？　よそ様に話して楽しい話だとは思えないけど、モテなさすぎてネタになったとか？」

「失礼な、俺はそんなことは話さないぞ。単に、ユフィの可愛い自慢をしただけだ。あとはそうだな……殿下についての話とかだ」

「殿下?」

意外な敬称が出てきて、ユフィは目を瞬く。殿下……つまりは『王子様』である。

今の国王には息子が三人いるので、そのいずれかの話だろう。

「兄さんは王族とも親しいの? すごいわね」

「騎士団にいると、色々とな。ユフィは王子サマに興味はないのか? うちは狙える血筋ではあるはずだが」

「あんまり」

一応セルウィン伯爵家は古参の貴族なので、どうにかすれば第二、第三王子辺りの婚約者は狙える位ではある。だが、正直に言って考えたこともない。

「そもそも私は、普通の縁談すらもらえなくて困っているのよ? 殿下の妃なんて夢のまた夢。口にするのもおこがましいわよ」

自分で言うのも悲しいが、婚活全敗のユフィが望むには無謀すぎる相手だ。

そのため、最初から欠片も期待していない。一応彼らの顔と名前ぐらいは思い出せるが、ほとんど覚えていないぐらいだ。

(それに、王子様よりもはるかに格好いい人が身近にいるんだもの。憧れなんて感じなくなるわよ)

悔しさを覚えてネイトを睨めば、「どうした?」と嬉しそうに微笑んでくれる。……この男、もしや確信犯なのか。

彼のおかげで、行き遅れまっしぐらだというのに。

「……結婚、か」

結局その話題に帰結するのが、なんとも空しい。

貴族の娘にとって義務であり存在理由でもあるのだから、ある意味仕方ないことだが……何も言われないユフィは、今後どうしたらいいのだろうか。

「ユフィ？　どうかしたのか？」

美しい『兄』の問いかけに、また胸が痛む。

……結局、彼とジュディスはどういう関係なのだろう？

護衛ではなく〝話し相手〟に、男性を指定するなんて、ユフィは聞いたことがない。

（普通はありえないはずだわ。だって、婚約していない異性と二人でいたら、ふしだらだと咎められるのが貴族社会だもの）

ユフィがネイトと一緒にいて怒られないのは、あくまで『兄』だからだ。グレイにエスコートを頼んだ時は、彼が〝騎士制服を着ていたから〟一緒にいられた。

あの日もし、グレイが私服か礼服で来ていたら、エスコートは頼めなかっただろう。貴族社会とは、それぐらい面倒な世界なのである。

（今日の兄さんも騎士制服だから同じ理由が通用はするけど、〝話し相手〟ね……）

ネイトの付属品として嫌われがちなユフィと違い、皆が憧れるジュディスは同性の友人も多そうだ。いや、本当に友人ではなくとも、ジュディスが頼めばその役を受ける令嬢などごまんといるだろう。むしろ、皆喜んで立候補するに違いない。

なのに、彼女がネイトを指名したとしたら……もっと深い意味を疑ってしまう。

「……うん、笑っちゃうぐらいお似合いだったものね」

「ユフィ？　さっきから一体なんなんだ？」

ネイトの顔を見れば見るほど、納得してしまう。

彼らは、誰もが認める美男美女の組み合わせだ。実に素晴らしいとユフィも思う。

（そう考えたら、私はもしかして『恋のキューピッド』ってやつなのかしら？）

あの襲撃の夜、ユフィのおかしな体質が魔物を察知したからこそ、ネイトはジュディスを救うことができたのだ。

久しく出ることのなかった体質が、兄の幸せのために発動したのなら、それは喜ぶべきことだとも思える。

「なんだ、そういうことだったのね」

じくりと、また痛んだ胸を服の上から押さえつける。

この予想が本当なら、きっと彼の過保護に煩わされるのももう少しだけだ。

ユフィに伝えられていない『危険なこと』とやら……恐らくは、魔物とファルコナー侯爵家の問題の内容にもよるとは思うが、最強騎士が解決にあたっているのだから、そう時間はかからずに収束するだろう。

それが終われば、きっとネイトはジュディスと結ばれる。そうなったら父も、ユフィの縁談探しに全力を出してくれるようになるかもしれない。

（社交界デビュー以降ずっと悩んできたけど……そっか、終わるのね）

鈍い痛みと同時に、つっかえがとれたかのような爽快感も覚える。

少しだけ寂しくもあるが、あの美しい女性を『義姉さん』と呼べるとしたら、それはとんでもない幸運だ。

喜びこそすれ、悲しむような要素は一つもない。

「こらユフィ、俺のほうを見なさい」

一人で色々と納得していれば、目の前に不満げに頬を膨らませるネイトがいた。

こんな、他の人の前ではまず見せないような表情も、ユフィではなく彼女のものになるのだ。

「寂しくないって言ったら嘘になるけど、ちゃんと祝福するわ兄さん」

「だから、さっきから一体何を言っているんだ？　具合でも悪いのか？」

「なんでもないわよ。ジュディス様とのデートを邪魔してごめんね」

「……はあ？　何故ユフィが邪魔になるんだ？」

こてん、と首を傾げるネイトに、なんだかおかしくなってしまう。

いつもと同じ動作だ。いつも、ユフィのためにしていた動作。

ものすごく煩わしくてイライラしたのに、いざ見られなくなると思うと可愛く見える。

（家についたら、ちゃんと話そう）

父との話は進まなかったけれど、ネイトとの話はちゃんとできそうだ。……きっと。

馬車はいつも通りの速度で進み続け、ほどなくしてセルウィン家のタウンハウスに到着する。

さて、この場合は自分の部屋に招くべきか。ネイトの部屋にお邪魔するべきか。

「お嬢様、お着替えはすぐになさいますか？」

「着替え、か……」

ちょうどいいタイミングで扉を開けてくれたモリーに、なんとなく背中を押された気がした。大事な話は迷ったりせずに、すぐにするべきだ、と。

「私、兄さんに話があるから、後でいいわ。……兄さん、少し時間をもらえる？」

「俺に？　ああ。俺の部屋で構わないか？」

「ええ」

なるべくきれいに見えるように笑えば、ネイトはきょとんと目を瞬いた。

内容に覚えはあるだろうに、ユフィから言われるのは予想外だったのだろうか。

「では、私は先に着替えて、お嬢様の部屋でお茶の用意をしておりますね」

モリーも気にした様子もなく、丁寧に一礼すると足早に去っていった。

……聡い彼女のことだ。もしかしたら、気を遣ってくれたのかもしれない。

「はい、どうぞユフィ」

「お邪魔するわね」

ユフィと同じ屋敷の三階にありながら、男女ということでかなり離れた位置のネイトの部屋。そこは驚くほど殺風景で、何もない場所だった。

「も、物が少ないわね……」

「男の部屋なんてこんなものだろう」

驚くユフィに笑いながら、ネイトは室内へと進んでいく。

中にあるのは、飾り気ゼロの机とベッドとクローゼットだけだ。備え付けの本棚部分は空っぽ、布団やカーテンといった布物も白や灰色の地味な色で無地。かろうじてある私物っぽいものは、剣の手入れに使う道具ぐらいだ。

「もしかして、騎士団の寮に置きっぱなしとか?」

「いや?　あちらにも何も置いていないが」

「ええええ……」

当たり前のように答えられると、さすがに不安になりそうだ。いくら仕事でほとんど家にいないとはいえ、生活感がなさすぎる。

ユフィの部屋も本邸と比べれば物は少ないが、それでも必要なものは持ち込んでいるので、ここよりはずっとごちゃごちゃしている。

(兄さんは、この部屋で何をして時間を潰しているのかしら。寝てるだけとか?)

それとも、『引越し』を視野に入れて、物を置かないようにしているのだろうか。それなら、この殺風景さも納得だ。

「それで、俺になんの話だユフィ？」

上着を脱ぎ、ネクタイをゆるめたネイトが、ベッドに座って問いかける。隣を叩いているので、ユフィも座れということなのだろうが、さすがにそれは遠慮させてもらおう。

いくら兄妹でも、異性に許される距離感ではない。

「えっと、今更な話でもあるんだけどね」

「ああ」

ゆっくりと息を吸って、気持ちを整える。大丈夫、今ならちゃんと言える。

「距離をおきたいの、兄さん」

「——……は？」

たった一言、簡潔に。

そう思いながら口にした言葉は、思ったよりも部屋の中に響いた。

「どういう意味だ？」

ネイトは思っていたよりもはるかに真剣な表情で、何度も瞬きを繰り返している。

どうも何も、口にした通りなのだが伝わらなかっただろうか。ちゃんと彼女の、ジュディスの名前を出したほうが伝わるだろうか。

ユフィも困惑しながら、もう少しわかりやすい言葉を考えてみる。

「今は大切な時期だと思うし、私に構ってくれるのはもういいかなと思って。十年も私を守って、甘やかしてくれたんだもの。これからは、その時間をジュディス様のために使ってあげて」

「何故、侯爵令嬢のために時間を使わなければならない？」

「何故？」

まさかの問いに、ユフィはますます困惑してしまう。

当然のことを言っただけなのに、聞き返されるほうがわからない。

（妹よりも良い仲の女性を優先するのは、当然よね？）

自分がジュディスの立場なら、絶対に自分のほうを優先して欲しいと思う。むしろ、そんな状況で妹を優先するような人間はいないはずだ。

（いや、兄さんは人間じゃないけど。兄さんの常識では、家族が最優先なのかしら？）

もしそういう考え方の種族だとしたら、今までの過保護ぶりの理由もわかる。

だが、ここは人間の世界だ。人間として、『ネイト・セルウィン』として生活している以上は、ちゃんと人間らしく振る舞ってもらわないと困る。

「兄さん、妹よりもジュディス様を優先するのが当然よ？」

「ユフィよりも優先するものなんてない」

「だから、それじゃ駄目なんだってば」

一応諭してみるが、ネイトの目つきはどんどん鋭くなっていく。

どう説明をしたら、妹よりも優先すべき関係があるとわかってくれるのだろう。

「私は、好きな人を優先して欲しいだけなのに……」

「好きな、人?」

ぽつりと呟いた言葉に、ネイトは耳ざとく反応を示した。

「そう。そういうものでしょう? 私だってそうだもの」

いくら人間ではなくとも、十年一緒に暮らしてきたのだ。好き嫌いの単純な感情なら、彼にも伝わるはずだ。

「だから、兄さんは私じゃない人を大事にして。……私の話はこれだけよ」

ほっと胸を撫で下ろし、ユフィは部屋の扉へと足を向ける。

さすがにジュディスとの関係をたきつけてやる義理はないだろう。そこは本人たちでやってもらわなければ。

(……やっぱり、痛い)

きりきりと、胸はずっと痛みを訴えたままだ。

だけど、気づかないふりをして抑えつける。ユフィは妹でネイトは兄なのだから。

だから、もう過保護は終わりにしてもらわないと困る。

「……それで、俺から離れるのか?」

部屋を出ようとしたユフィの目の前に……正しくは、その壁に。

ダン、と大きな音を立てて、彼の手が打ちつけられた。

「……は？」

大きな音に驚いたのもある。ネイトの速すぎる動きについていけなかったのもある。

だが、一番驚いたのは、ユフィの行く手を阻んだことそのものだ。

邪魔者が自ら消えてあげようとしているのに、何故この男はそれを止めに来たのだろうか。

「兄さん、通れないいんだけど……」

「通さないし逃がさない。質問に答えろ、ユフィ」

「………ッ」

ぞっとするような低い声で問われて、肌が粟立つ。

ユフィにはいつも笑いかけてくれたのに、この冷たい目つきの男は誰だ？

(怖い……)

蛇に睨まれた蛙はこんな気分なのかもしれない。

息をするのも恐ろしくて、ただじっと、凍りつくような目を見つめ返すばかりだ。

「俺から、逃げられるとでも？」

「逃げる、なんて……」

「だったら、何故？　惚れた男でもできたか？　……グレイか？」

淡々とした質問に、必死で首を横に振る。

グレイは確かに良い人ではあったが、恋愛感情を抱けるような人物ではなかったし、それは本人にも否定されている。

ただ、出会いの機会を奪われているユフィにとって、久しぶりに話せた異性だっただけだ。

「理由がないなら、距離をおく必要はないはずだ」

「だって……兄さん、が」

「俺が？」

ぐっと、ネイトの顔が近づいてくる。

「……っ！」

吐息が触れるような至近距離に迫る、美しい顔。

紫色の瞳いっぱいに戸惑うユフィの姿が映っていて、全てを見透かされているような気持ちになってくる。

「……俺が？」

もう一度繰り返された問いかけは、先ほどより少しだけ優しくなった。

ネイトは全て気づいていて、それでなお聞いているのかもしれない。

……だとしたら、ユフィは答えるわけにはいかない。彼は兄で、自分は妹なのだから。

「兄さんは、ジュディス様と一緒にいるんでしょう？　だったら、私に構う時間を減らすべきなのは、当然じゃない」

「彼女とは、理由があって共にいるだけだ」

「その理由は、私には教えられないんでしょう？」

「…………」

わずかに、ネイトの瞳が揺れた。

父も言っていた通り、彼らの携わっている仕事は機密であり、危険が伴っている。

……だが、それをユフィに伝えられないことを、彼らは気にしてくれている。

（優しさにつけ込むみたいで嫌だけど、ここしかないわ！）

ユフィは身をかがめて、彼の体の横を全力で通り抜ける。

「ッ⁉　ユフィ‼」

呼ぶ声が聞こえても決して振り返らずに、とにかく自室まで駆ける。

今は、あの空気に呑まれるわけにはいけない。……余計なことを口走ってしまうから。

扉を押し開ければ、すでに中で待っていてくれたモリーから驚きの声が上がった。

「えっ⁉　お嬢様⁉」

今はそれも聞き流して、ユフィは大急ぎで扉を閉めて鍵をかけた。

「ユフィ！　話は終わってない！」

直後に、扉を大きく叩く音とネイトの声が聞こえてくる。間一髪だったが、なんとか間に合ったようだ。

「私たち、今は会わないほうがいいのよ兄さん！　お願いだから、放っておいて！」

「ユフィ……ッ！」

ドンドン、と。しばらく扉を叩く音が響く。

けれど、開かないと気づいたのだろう。

しばらくすると、歩き去っていく彼の足音が聞こえてきた。

「お、お嬢様、一体どうなさったのですか？　ネイト様と、何が？」

「なんでもないわ。ちょっと、兄さんを説得するのに失敗しただけよ」

モリーの声がきっかけとなって、ユフィの体は扉の前でへたり込んでしまう。

まったく、ネイトにも困ったものだ。どうせ叶えてくれないのだから、素直にジュディスのもとへ行ってくれればいいのに。

「妹の過保護も両立しようなんて、欲張りよ兄さん……」

こつん、と。額を触れさせた扉から、冷たさが伝わってくる。

きっとこれでネイトと距離がとれる。そうなれば、携わっている例の仕事も進むだろうし、その後のこともさくさく決まることだろう。

ネイトの邪魔さえ入らなければ、ユフィにもそれなりの相手が見つかるはずだ。

「さよなら、私の……」

自分にだけ聞こえるように呟いて、目を閉じる。

——この日を境に、ネイトは屋敷に帰ってこなくなった。

4章　兄がいない生活

ネイトが屋敷に戻らなくなってから、早七日が経過した。

といっても、別にどこかへ放浪しているわけではない。ユフィが来る前と同じように、騎士団の専用寮で寝泊まりをしているのだそうだ。

もともと職場もそのほうが近いし、悪い変化でもないだろう。むしろ、仕事が忙しい今は、屋敷に戻る時間が省けてよかったのではとも思える。

（まあ、妹と喧嘩して戻らない、とは誰も思わないわよね……）

喧嘩というよりは、ユフィが一方的に避けたようなものだが。手紙を書きかけたペンを置いて、小さく息をつく。

……あの日以降、ユフィも夜会へ顔を出すことがなくなってしまった。

せっかく元凶たる兄がいないのにもったいないとも思うのだが、その兄がいないとエスコートしてくれる男性がいないので、動くに動けないのだ。

父伯爵の忙しさもずっと変わっていないので頼むのは気が引けるし、騎士団のグレイとは、連絡をとれるほどの繋がりもない。

おかげでここ数日の間に、断りの手紙もずいぶん上達した。

今後必要になるかどうかは知らないが、まあ、何事もできないよりはできたほうがいいだろう。

「行き遅れまっしぐらだけどね……はは」

自分で口にして、空しくなってしまう。

本当に、社交界デビューをしたばかりの若い娘が、何をしているのだろう。

窓の外は明るく晴れ渡っているのに、どうして自分は引きこもっているのだろうか。

「あーあ。私も『役目』が欲しいな……」

ころんと机に頭を突っ伏してみれば、冷たさが火照(ほて)った顔に心地よい。

役目が欲しいのは、切実な願いだ。

兄ネイトの付属品ではなく、ユーフェミア・セルウィンとして求められる場所が欲しい。あるいは、一個人のユフィとしてでもいい。

求められる何者かになりたい。ネイトの傍以外の居場所が欲しい。

(こう思う時に限って、パートナーが必要な夜会のお誘いしか来ないのよね)

タイミングの問題なのだろうが、ここまで重なるともう悪意しか感じられない。

この世界の神は、絶対にユフィが嫌いに違いない。試練しかない人生に涙が出そうだ。

(公共ホールの催しがあればすぐに行くのに、やってないのよね)

もともとあの場所での催事は定期的なものではなく、出資者がそろった時にだけ行われる貴重なものらしい。

それでも、このところ全く楽しい話を聞かないのは、やはり何かがあるのだろう。父セルウィン伯爵が、忙しく働き続けている理由。そして、騎士団が一侯爵令嬢のためにわざわざ護衛についていている理由。

ユフィには知らされない事件は、いつになったら解決してくれるのか。

「もう本当に、領地へ帰ろうかしら……」

机に突っ伏したまま呟けば、背後から明るい声が聞こえてくる。

「あら。では、荷造りの準備を始めなければいけませんね」

慌てて顔を上げれば、湯気の上がるティーセットを持ったモリーが微笑みながら立っていた。

「驚かせてしまったでしょうか。何度もお呼びしたのですが」

「いえ、ごめんなさい。ぼーっとしていた私が悪いのよ」

書きかけの手紙を片づけると、モリーは丁寧な動作で紅茶を置いてくれる。

ささやかな動きすらも、彼女は淑女らしくて感心してしまう。机に転がっていたユフィとは大違いだ。

「モリーは顔がきれいなだけじゃなく、動きも本当にきれいね。羨ましいわ」

「私でよろしければ、作法をお教えしましょうか？　こちらには先生がいらっしゃらないので、レッスンもできなかったですし」

「そうね。どうせヒマを持て余しているし、お願いしようかしら」

半分冗談めかして答えれば、彼女は嬉しそうに笑ってくれる。

実は行き遅れた際の就職案として家庭教師も候補に考えていたのだが、未だに教えられる側のユフィでは到底無理そうだ。

「本当に、どうしてこんなに有能な人が、私なんかの侍女をしてくれているのかしら」

「まあ、お嬢様。お忘れですか？」

ぼんやりと呟いた独り言に、モリーは素早く反応してぐっと顔を近づけてきた。

「うわあっ⁉　ち、近いわモリー」

整った顔が間近に迫ると、それだけで心臓に悪い。たとえ同性でもだ。

「な、なに？　どうしたの？」

「セルウィン伯爵家の使用人は、お嬢様に救われた者がとても多いのですよ？」

「は？　私が？　……まさか」

思いもしなかった返答に、ユフィは目を瞬く。

剣術に優れたネイトに救われたというならまだしも、令嬢としても半人前のユフィに何ができるというのか。

「いいえ。幼少のお嬢様に、私も救われた一人です」

「幼少？　……もしかして、私の変な体質のこと？」

「はい！」

思い当たる唯一を問えば、彼女は嬉しそうに破顔してくれる。

……いわく、セルウィン伯爵領とお隣のハースト伯爵領の近くには、魔物の頻出地帯があったのだそうだ。

「旦那様や皆様も対策はしてくださったのですが、正直どれも完璧とは言えませんでした。何せ、魔物は、神出鬼没の異形の化け物ですから」

モリーの視線が下を向いたのを見て、ユフィもなんとなく察してしまう。

きっと、少なくはない人数が、そこで犠牲になったのだろう。

「ですが、お嬢様の『体質』は、ほぼ完璧にその出現を予測し……そして、私たちを救ってくださったのですわ」

モリーが言うには、ユフィが幼少の頃に感じていた『嫌な気配』は、自身の外出時以外でも発動していたらしい。

使用人が里帰りをする時などでも、それを感じたら大泣きをして止めたのだそうだ。

そして、ユフィに従って里帰りをとりやめ、実家に連絡用の鳥を飛ばして確認してみると、近隣で魔物が出現して……ということがほぼ確実に起こっていたのだ。

結果、セルウィン伯爵家ではユフィの『嫌』は絶対のものとして信用し、重宝していた、と。

「そ、そんなことが？　事故や不幸があることが多いから、咎めずにいたとは聞いたけど」

「ほとんどが魔物絡みのものでしたよ。お嬢様の体質でわかるようになってからは、セルウィン伯爵家関係者からの犠牲は一人も出ていません。私も何度も助けられていたのですよ」

「そうだったんだ……」

面倒な体質だったとしか覚えていなかったが、それが他の皆の役に立っていたのなら、とても嬉しいことだ。

「でも、皆の役に立っていたのなら残念ね。私の体質は、もう全然出なくなってしまったもの」

「それが違うのですよ、お嬢様。体質が出なくなったのではなく、魔物が出なくなったのですわ」

「魔物が？　でも、頻出地帯だったんでしょう？」

詳しくは覚えていないが、討伐部隊を見送った記憶はある。それが、ある時を境にぱったりとなくなったことも。

ユフィの体質がなくなったのだと思っていたが、魔物のほうがいなくなっていたのか。

（そういえばつい最近、ジュディス様が襲われた時に感じたばかりだったわね。じゃあ、私の体質はまだ残っているんだ）

しかし、あれが魔物に限定されるものだったというのは初耳だ。

それなら、十年前にユフィが誘拐された時、察知できなかった理由もわかる。犯人は魔物ではなく人間だったのだから。

「魔物がいなくなった理由はわかっているの？」

「いいえ、残念ながら。それがわかれば、他の領地にもお伝えできるのですが……」

「そうよね」

魔物についての研究は進んでいるらしいが、わかっていることはまだ多くない。

姿形が恐ろしい化け物であることと、どこからともなく現れては、人を襲うということ。生き物とも違うらしい。

（あとは、悪魔のなり損ない、か）

文献からわかる情報など、たかが知れている。実際にこれらと戦っている人々……討伐部隊や騎士たちは、さぞ大変なことだろう。

「そういえば、お嬢様。確証はないのですが」

「ん、なあに？」

「セルウィン伯爵領から魔物が出なくなった時期なのですが……ネイト様が、お屋敷に来られた時期と一致する、とは聞いたことがあります」

「兄さんが？」

ちょうど離れている彼の名前に、一瞬どきっとしてしまった。

確かに、今のネイトは恐ろしく強い。彼ならば、魔物がいくら出てもどうにかしてくれるだろう。

（でも、十年前の兄さんは子どもで……いや、違うか）

そこまで考えて、自ら否定する。

本当のネイトは、十年前から子どもではない。ユフィが誘拐された地下室で会った彼は、今とほぼ変わらない姿をしていたのだ。

もし、強さも今と同等ならば、あるいは。

（でも、兄さんが魔物を倒してくれる理由がないわよね）

頻出地帯と言われるぐらいなら、その数も二、三体程度では済まないだろう。

そんなものを、報酬があるわけでもないのに倒してくれる理由が思いつかない。

「ネイト様は、攫われたお嬢様を助けてくださった恩人でもありますし。あるいは、と皆も思ってしまうのかもしれませんね」

「そう、ね……」

一人真実を知っているユフィは、曖昧に笑っておくことしかできない。

本人に聞いてみればと一瞬思ったが……頭を横に振る。距離をおきたいと望んだのは、他ならぬユフィだ。

「何にしても、私に恩義を感じる必要は全くないわよ、モリー」

「いえいえ、何をおっしゃいますか。それに、今はお嬢様のことが好きだから、私たちはお仕えしているのです。寂しいことをおっしゃらないでください」

「でも、今の私なんて行き遅れまっしぐらよ？」

自虐をしながら肩をすくめてみせれば、ポンとモリーの手が髪に触れた。

「大丈夫です、きっと今は準備期間ですよ。お嬢様に相応しい素晴らしい殿方が、すぐに見つかるに決まってます」

「……だといいのだけどね」

気を遣ってくれるのはありがたいが、素直に頷けないのが悲しいところだ。

（縁談は来ない、お父様もまだ探す気はない。これで希望を持てって言うほうが無理よね）

やはり、今シーズンに期待はできなそうだ。

まあ、ネイトがジュディスと良い感じになってくれれば、そこから突破口が見つかるかもしれないが、今のところなんの情報も入ってこないので、どうなっているのかもわからない。

「お父様もずーっと忙しいままだしね。私の縁談を探す余裕なんてないでしょう」

「……それは、私どもも心配しております。いくらなんでも、今の状況は異常ですわ」

ついため息をこぼしてしまえば、モリーも同意するように何度も頷く。

父伯爵の最近の行動は、書斎にこもっているか、行き先も告げずに出かけていくかの二択だ。

一人娘の社交をおざなりにしてまで、一体何がそんなに忙しいのか。今の状況は、勤めの長い使用人から見ても、やっぱりおかしいらしい。

「……悪いことをしているとは思いたくないけど」

「旦那様に限って、それはないと思いますわ。ただ、いざとなったら奥様をこちらへお呼びすることも、視野に入れたほうが良いかもしれません」

「そうね……」

セルウィン伯爵領は安定した土地なので、少しの間なら監督役がいなくても大丈夫だ。どちらかといえば、放置されているユフィの状況のほうがよろしくない。

母への連絡は、そろそろ本気で検討すべきだろう。

「失礼いたします、お嬢様」

そうして話をしていると、扉の向こうから誰かに呼びかけられる。

モリーが茶器を置いて対応すると、同じく勤めの長い侍女がぺこりと頭を下げてくれた。

「お嬢様にお客様です。どうなさいますか？」

「私に？　誰かしら」

今のユフィに会いに来てくれるような人物に、特に覚えはない。ネイトと喧嘩？　をしているので、グレイが来てくれる可能性もないはずだ。

「それが、ハースト伯爵家のイアン様なのですが……」

「イアンが？」

意外と言えば意外な名前に、モリーと顔を見合わせる。

幼馴染みの彼とは交流がないわけでもないが、異性である以上、一対一で会いに来る機会は今はあまりない。

「ベリンダは一緒じゃないの？」

「はい、イアン様お一人だけです」

「本当に意外ね。何かあったのかしら」

考えてみても、婚約者がいる彼が会いに来てくれる理由は思い当たらない。そもそも、訪問の約束もなく貴族が行き来をするのはとても稀だ。

それに、男性一人ではユフィの自室に招くわけにもいかない。

「すぐに用意をしていくわ。応接室に案内してくれる？」

「かしこまりました」

侍女が去っていったのに合わせて、モリーはすでに支度の準備を始めている。

もっとも、相手がイアンならば着飾ったりする必要はないだろう。

「……なんだと思う？」

「私には思いつきませんね。ご婚約をされてからは、イアン様とお会いする際は、ベリンダ様が同席してらっしゃいましたし」

「そうよね」

ユフィが王都に出てきてからイアンのもとを訪れる際は、必ずベリンダが同席することを確認した上で約束するように気をつけていた。

夜会に同行する時はもちろん、昼のお茶会でも必ずだ。それが、婚約者が決まった異性との付き合い方だと思っていたのだが……もしや、ベリンダを呼ぶヒマもないほどの緊急事態なのか。

（急いだほうがいいかしら。悲しい報せでなければいいのだけど）

疑問を抱きつつも、ユフィが身支度を整えて応接室に向かうと、報告通り座っていたのはイアン一人だけだった。

「お待たせしたわね。こんにちは、イアン」

「ッ、ユフィ！　具合は大丈夫なのか⁉」

「は？　具合？」

開口一番何を言うのかと思えば、よりにもよってユフィの体調の心配だ。

彼はソファから立ち上がり、真剣な表情でこちらを見つめてくる。からかっているわけではなさそうだ。

「私は元気だけど、急にどうしたの？」

「元気、なのか？　本当に？」

「ええ、見ての通りだけど」

ユフィは両手を広げて、くるりと一回りしてみせる。自宅にいるので派手な装いはしていないものの、もちろん寝間着ではないし、手足も背筋もしっかり伸びているつもりだ。

「……なんだ、そうなのか。よかった」

数秒ほどユフィを眺めたイアンは、深い深いため息をこぼすと、ぼすんとソファに座り直した。

このやりとりには、同行してきてくれたモリーも驚きだ。

「ねえ、イアン。私が病気だっていう噂でも流れているの？」

「いや、そんな話は聞かないよ。ユフィの話を聞かなさすぎて、逆に怖いぐらいだ」

「そ、そうなの……」

変な噂を語られても困るが、何も聞かないというのも、それはそれで悲しい話だ。

結局のところ、ネイトがいなければ話題にも上らないほど、ユフィの存在感がなかったという証拠でもある。

「それも空しい……」

「まあ、噂とかはいいんだよ。オレが個人的に心配だっただけだ」

「そ、そうなの？」

まっすぐにそう言われると、さすがに少々照れくさい。

少し熱を持った頬を押さえれば、イアンは再度深いため息をこぼした。

「出会いが欲しいってあれだけ夜会に行きまくってたユフィが、急に引きこもりになったんだぞ？　そんなの、心配するなっていうほうが無理だろ。……最悪の場合、死んでるんじゃないかとまで疑ったぐらいだ」

「失礼ね！　私はそこまで夜会狂いじゃないわよ！」

「あ、よかった。本当に元気そうだな」

思わず声を上げると、イアンはにっと歯を見せてようやく笑った。

どうやら、本当にユフィを心配してくれていたようだ。言い方はともかく、幼馴染みの心遣いに胸が温かくなる。

「心配してくれてありがとう、イアン」

「どういたしまして。しかし、本当にどうしたんだよ？　最近は夜会の招待も全部断ってるっていうし、何かあったのか？」

「あー……兄さんと、ちょっとね」

せっかく訪ねてきてくれた彼なので、ジュディスが関わる部分などはぼかしつつ、ネイトとのやりとりを簡潔に伝えてみる。

ユフィより優先すべきものがあると話して、距離をおこうと提案したところ、喧嘩別れのようになってしまい、ネイトが帰ってこなくなったということを。

「いや、お前……ネイトさんがユフィよりも優先するものなんてないだろう」

「本人にもそう言われたんだけど、あると思うのよ。絶対に」

「いや、ないな」

キッパリと、力のこもった断言に、少しムッとしてしまう。

それを言ったイアンのほうは、呆れ顔で冷めてしまった紅茶を一気に飲み干した。

「なんの話かと思ったら、それだけはありえないだろう。あのネイトさんだぞ？　ユフィ以外に優先するべきものなんて、絶っっ対にない。たとえこの世界が滅びの危機に瀕しても、ユフィを優先するぞ、あの人」

「そ、そこまではないでしょう。ほら、好きな女の人とかね？」

「………それこそ、ないだろう」

イアンの焦げ茶色の瞳が、ますます呆れを浮かべて細められる。

相手は非の打ちどころがない絶世の美女のジュディスだというのに、どうしてそこまで断言できるのか。ユフィからしたら、イアンの自信のほうが謎だ。

「もしかしてユフィ、それをネイトさんに言ったのか？」

「い、言ったわよ。妹じゃなくて、好きな人を優先してって。それで、私への過保護をやめてもらえたら、万々歳なんだけど」

「あー……」

ついには、イアンは頭を抱えてテーブルに突っ伏してしまった。

ユフィとしては、正しい提案をしたつもりだ。兄が好きな女性と結ばれるように、邪魔者の妹は自ら身を引いたというのに。

（どうしてイアンまでこんな態度をとるのかしら）

本気でわけがわからない。

ちらっと部屋の隅に控えるモリーに視線を向ければ、彼女も困ったように笑うばかりだ。

「……ネイトさん、怒っただろう？」

しばらく待っていると、イアンの顔がくるんと横を向いて問いかけてくる。

……この男は、もしかして魔法使いなのだろうか。

「どうしてわかるのよ？　……すごく怒った」

「そりゃあ怒るだろうよ。オレがネイトさんの立場でも怒るわ」

「なんで⁉」

思わず、また大きな声を出してしまう。

イアンまで同意見ということは、男性の共通認識で〝ユフィの行動は駄目だった〟ということだ。

「い、一体何が駄目なの？」

「いや、それはオレの口からは言えないけど……むしろ、なんでユフィが気づかないのか、心の底から謎」

「そこまでなの⁉」

イアンが言葉を重ねるほど、どんどん不安が募っていく。

ユフィは頭が良いほうではないし、他者の機微にも敏感だとは思わないが、ここまで駄目出しをされるのも初めてだ。

無意識の内に、ネイトを傷つけてしまったのかもしれないということも、怖い。

「ど、どうしよう……どうして？　私はただ、兄さんがジュディス様と幸せになってくれればと思って、その応援をしたかっただけなのに」

「ああ、お相手はジュディス様なのか。それなら、ユフィが誤解する気持ちもわからなくないけど……いや、やっぱりわからないわ」

「どっちよ」

うっかり名前を出してしまったが、二人が結ばれるならいずれバレることだと開き直る。

だが、イアンの意見は変わらないようだ。ゆっくりと頭を起こすと、なおも呆れた様子でゆるゆると首を横に振った。

「ネイトさんはさ、ジュディス様のことが好きだって言ったか？」

「……言ってないわ。でも、あの方を守るために、ずっと忙しく働いているのよ？　それから、普通は異性が請け負わないような、親密な立場の仕事もしてたわ」

「そこはオレにもわからないけど、明言はしていないんだな？」

ユフィが頷くと「やっぱり」と言って笑う。

どうしてイアンにはわかるのだろう。やっぱり、彼は魔法使いか何かなのか？

「ネイトさんはそういう感情を口にする人じゃないけど、違う言葉はたくさんユフィに言ってきたはずだぞ？　傍にいたいとか、ずっと一緒にとか。恥ずかしいのだと『俺の可愛いお姫様』とか、平然と言うだろうあの人」

「言うわね、日常的に」

「日常的に言えるのもすごいな！　まあ、なんだ。普通そういう台詞ってさ、特別な相手に言うものだとは思わないか？」

妙に真剣な言い方をされて、ユフィも一瞬考えてしまう。

……普通は、そうだろう。普通の男性は、自分の特別な女性にそういうことを言うものだ。

(だけど、兄さんだものね)

あの地下室で出会ってから十年間、ずっとネイトはユフィにそういう態度をとり続けてきた。

そして彼は、普通の人間ではない。

「兄さんにとっては、呼吸をするのと同じぐらい普通っぽいから。ああいうことを言うの」

「言わねえよ！　そんな呼吸があってたまるか‼」

思う通りに答えれば、今度はイアンのほうが声を張り上げた。

そう言われても、ユフィにとってネイトのそれが当たり前なのだ。……普通普通言いすぎて、何がおかしいのかわからなくなりつつある。

「ああもう！　言い方を変える。ユフィ以外の人間に、ネイトさんがそういうことを言っているところ、見たことがあるか？　たとえば、ご両親とか使用人とか、オレとか」

「イアンに言ったら、さすがに気持ち悪いわよ」

「オレも気持ち悪いわ。……そういうことだって言ってるんだ。どれだけ当たり前のように口にしても、その相手はユフィだけなんだよ。ジュディス様じゃないんだ」

「…………」

ここまで言葉を重ねられれば、いくら鈍いユフィでもわかる。

ネイトが当たり前のように〝好意的な〟言葉を伝えてくれたのは、ユフィに対してだけだ。

「でもそれは、私たちがジュディス様とのやりとりを知らないから。彼女にも、同じようなことを言っているかもしれないわ」

「オレは、ないと思うけどな」

ネイトとジュディスのことを考えると、どうしても胸が痛む。ジュディスと幸せになって欲しくて距離をとったのに、相変わらずユフィの心と体は矛盾している。

——何より、自分は妹で、彼は兄だ。

「……イアン、兄妹はそれ以上の関係にはならないのよ」

「血は繋がっていないだろう？　詳しい事情は知らないけど、どう見たってお前たちは他人だ」

「そうだけど、でも……兄さんは『ネイト・セルウィン』なのよ。うちの家名を名乗ってる！」

「ユフィ」

じっと。ただ、静かにじっと。焦げ茶色の瞳がユフィを見据える。

イアンとも、もうずいぶん長い付き合いだ。領地が近いこともあって、性別を超えた友人としてずっと付き合ってきた。

その彼の、背筋が震えるほど雄々しい表情を見たのは、初めてかもしれない。

「イアン……？」

「ユフィ、お前はどう思ってるんだ？　兄とか妹とか、立場はとりあえず捨て置け。お前は、彼という男をどう思っている？」

「…………」

はっきりとした問いかけに、応接室が静まり返る。

――それを考えたくないから、父に離してもらうように頼んだのに。

それを考えたくないから、距離をおこうと提案したのに。

「……なんてことを聞くのよ、イアン」

「そう言うってことは、自覚がないわけじゃないんだろう？」

「叶わない想いを持ち続けたら、辛いだけじゃない」

深く、肺の中身を全部出し切るほど深く、息を吐く。

それに対し、イアンはニヤリと悪人のように口端（くちは）を吊り上げて笑った。

「オレはベリンダと出会えて、やっと救われたからな。多少の仕返しはさせろ」

「私が何をしたって言うのよ」

「……さて、な？」

糸のように目を細めて笑う彼の考えが、さっぱりわからない。

昔、ネイトがイアンのことも敵視していたとは聞いたが、それでユフィに仕返しをされるのはお門（かど）違いだ。

それでは、ネイトへの想いと嫉妬をユフィにぶつけてくる女性たちと同じじゃないか。

「世界が私に優しくないわ……」

「ははっ。まあ、なんだ。兄妹離れをしろと言ったのはオレだけど、お前たちが喧嘩してると正直あんまり気分よくないんだよ。結果がどうなるにしろ、仲直りはしろよ」

「簡単に言ってくれるわね」

別にユフィだって、喧嘩がしたかったわけじゃない。

ただ本当に、自分よりもジュディスを大事にしたほうが、ネイトが幸せになれると思ったのだ。その考えは、今だって変わらない。

ユフィの想いはともかくとして、ネイトが幸せになれる道はジュディスと共にあるはずだ。

——ただ、それでも。一つだけ、願うことはある。

「……兄さんは、私のことが嫌いになったかしら」

ネイトに嫌いになられるのは、かなり悲しい。だってユフィは、ネイトのことを嫌いになれないのだ。

どれだけ婚活を邪魔されても、どれだけネイトのせいで嫌な思いをさせられても、彼のことを嫌いにはなれない。

だから……たとえ、妹に対する親愛だとしても。ネイトにも、ユフィのことは嫌いにならないでいてもらいたい。

そう思うのは、やはりわがままだろうか。

「何度も言ってるけどな、ユフィ。ネイトさんがお前を嫌いになるとか、それこそ世界が滅んでもないから安心しろ。お前を嫌うようなネイトさんは、絶対に偽者だ」

「イアンのその自信はなんなの？」

「だてにガキの頃から敵扱いされてないんだよ、オレは」

いっそ清々しいほどすっぱりと言い放つイアンに、控えていたモリーまで笑い出している。

怒ると言ったり嫌わないと言ったり、男同士だと共感できる考えがあるのだろうか。ユフィにはわからない世界だ。

（でもまあ、そうだったら嬉しいわよね）

ただの慰めだとしても、断言してもらえると気分はいい。彼の貴族らしくない、からっとした性格も、今はとてもありがたい。

「なんだよ、疑ってるのか？　じゃあ一つ、ユフィが忘れてることを思い出させてやる」

「何も言ってないじゃない。でも、なあに？」

モリーの笑いを止めさせてイアンに向き直ると、彼はふんっと腕と足を組んで、偉そうな態度でソファに座り直した。

見ていて面白いので別に止めないが、そのポーズとユフィの忘れていることとやらが関係があるのかは謎だ。

「あのな、ネイトさんが今騎士をしているのは、お前のせいだぞ？」

「は？　私？」

……そして続いた言葉は、本当にユフィが忘れていた事実だった。

どういうことだと身を乗り出せば、イアンは気を良くしたように語り始める。

「何年か前……ちょうどオレがセルウィン伯爵領に遊びに行った時なんだけどな。魔物の調査か何かで、騎士団の一部隊がお前の家を訪問してたんだよ」

「そんなことあったかしら？」

「あったぞ。間違いない」

ユフィも記憶を辿ってみるが、いまいち思い出せない。

だが、ネイトに関する記憶がユフィよりもしっかりしていそうな彼が言うので、多分本当のことなのだろう。

「それで、お前が騎士を見て『格好いい！』って褒めてな」

「ええ」

「だからネイトさんは騎士になったんだ」

「……はい？」

——部屋の隅で、モリーの噴き出す音が聞こえた。

確かに、ネイトが『騎士になる』と言い出したのは突然だった覚えがある。

だが、急に言い出した割にはあっさりと入団が決まったものだから、もしかして以前から勉強をしていたのか、と皆思っていたのだ。

（それが……私が、言ったから？）

ユフィはおぼろげな記憶を必死で辿る。

叙任されたのはそんなに前のことではないし、むしろ印象に残っていてもおかしくない。

伯爵領に騎士が来るような事態など、それほど多くはないのだから。

(騎士が、格好いい……？)

思い出そうとすれば、真っ白な制服を身にまとうネイトの姿ばかりが浮かんでくる。

王都に来てから、グレイをはじめ他の騎士にも何人も会っているのに、いつだって真っ先に思い出すのはネイトだ。

彼の褐色の肌と黒い髪に、あの白い制服は本当によく似合うから。

「……そうよ。私は、騎士が格好いいって言ったんじゃないわ」

「ん？」

記憶をいくつも辿って、一つの答えが浮かび上がった。

兄さん兄さんと、どこへ行くにもヒヨコのように彼の背中を追いかけていた頃のことだ。ユフィが他の男を、格好いいなんて褒めるはずがない。

「私は『騎士の制服が格好いい』と言ったのよ。だって、絶対に兄さんに似合うと思ったもの」

「…………惚気(のろけ)かよ」

再びモリーから、とても淑女らしくない笑い声が聞こえてきた。

なんと言われても、事実なのだから仕方ない。そして実際に、騎士制服を着たネイトは悔しいぐらいに格好いいのだ。

皆の注目を集めて、ユフィただ一人の兄ではなくなってしまうほどに。

「兄さんは昔から白い服がとてもよく似合ったの。だから多分、色々言葉足らずで『騎士が格好いい』になったのね。だいたい、あの美形を毎日見ている私が、他の男を褒めるわけないじゃない」

「いや、うん……なんか、心配して来て損したなって思ってる」

開き直って認めてしまえば、イアンはげんなりとした表情でユフィを睨んできた。

なんとでも言うがいい。ネイトが腹が立つぐらいに良い男なのは、今に始まったことではないのだから。

「なんだか、色々とすっきりしたわ」

「それはよかった」

晴れ晴れとした気持ちで彼に向き直れば、イアンも一瞬驚いてから、すぐに笑ってくれた。

異性間で友情は成立するのか、というのはよく出る話題だが、少なくとも彼とは、とても良い関係を築けていると思う。

……今までも、これからも。


しばらく世間話に花を咲かせてから、イアンは屋敷を出ることになった。

といっても、馬車で数分の屋敷に住んでいるご近所さんだ。ユフィも引きこもってなんかいないで、もっと早く彼に相談すればよかったと、今更ながら後悔が募る。

「それじゃあ、あんまり引きこもりすぎないようにな。次に夜会に行く時は、オレとベリンダもついていってやるから」

「ありがとう。エスコートを頼める人が見つかるといいんだけど。前向きに頑張るわ」

「ああ。ネイトさんとも、なるべく早く仲直りしろよ」

イアンはポンポンとユフィの肩を撫でてから、ハースト伯爵家の馬車に乗って帰っていった。

最後まで世話焼きというか、本当に良い幼馴染みだ。

「……正直に申し上げると、お嬢様はイアン様とご婚約されるものと思っていたんですよね」

「イアンとはないでしょう。そういう目で見たことは、一度もないもの」

「ええ。彼には気の毒な話ですが、今のような関係が一番合っているような気がいたします」

共に見送ったモリーはそう呟くと、「差し出がましいことを」と頭を下げた。

端から見たらそういう関係に見えたのかもしれないが、ユフィにとってイアンはずっと友達だ。

これからも、そうありたい。

だからこそ、彼がくれたアドバイスはちゃんと受け止めなければと思う。

「仲直り、か……」

果たしてネイトは許してくれるだろうか。

実のところ、彼が何に怒ったのか今もわからないのだが。それでも、彼が帰ってこない現状が、思ったよりも堪えるのは事実だ。

兄妹という関係だとしても、話をしたい。声を聞きたい。そう思ってしまうから重症だ。

（ただ、できれば過保護はやめて欲しいわよね。それさえなければ、何も問題はないのに）

イアンとベリンダ、そしてネイトとジュディスの二組と共に夜会に行けたら、きっと色んな意味で注目を集めて楽しそうだ。

その場合、ユフィだけはエスコート役が父親なので、少し浮いてしまいそうだが……いや、もしネイトと仲直りができれば、騎士団の誰かを立ててもらえるかもしれない。

「何はともあれ、兄さんに会わなくちゃね」

仕事を邪魔したくはないので、まずは騎士団の事情を聞くところからか。

忙しい父に頼むのも心苦しいので、使用人たちに行ってもらうか……いや、ヒマをしているユフィ本人が、騎士団を訪ねてもいいかもしれない。

とにかく、引きこもりは終わりだ。婚活に関しては光明は見えないが、動ける内に様々な経験をしておこう。

それはきっと、何かの力になる。

「…………ん?」

なんてことを考えていた矢先だ。

規則正しい蹄の音が近づいてきたと思えば、セルウィン伯爵邸の入口の前に一台の馬車が乗りつけてきた。

「お嬢様」

「大丈夫よ、モリー。この家紋は知っているわ」

馬車についている家紋は、ユフィの家のものでもイアンの家のものでもない。

イアンの婚約者である、ベリンダの子爵家のものだ。

「……こんにちは、ユフィ」

「こんにちは。私のところに来てくれるなんて、珍しいわね」

予想通り、馬車の扉を自分で開けて現れたのは、亜麻色の髪の色っぽい系美人のベリンダだ。ユフィとはそう年も変わらないのに、いつ見ても色気の差に驚いてしまう。

「もしかしてイアンを捜しに来たのかしら？　だとしたら、ごめんなさい。入れ違いだわ。つい先ほど帰ったばかりなの」

「そう……いいえ、あなたに用があったのよ」

「私？」

てっきり婚約者を捜しに来たのかと思いきや、目的はユフィのほうだったらしい。今日は予定外の来客の多い日だ。

「そういうことなら、モリー、お茶の支度をしてくれるかしら？　応接室はまだ片づいていないし、私の自室でよければご案内するわ」

「いいえ、大丈夫よ。ほんの少し、話をしたいだけだから」

そう言うと、ベリンダはちょいちょいと自分の乗っている馬車の座席へと手招いてくる。

一応貴族の令嬢として、立ち話をするよりは馬車のほうがありがたいが、それでもいきなり乗り込むのは不躾（ぶしつけ）な気がしてしまう。

「別に長く話すつもりはないわ。すぐに済むから、乗ってくれない？」

「……ベリンダ？」

なんとなく違和感を覚えて、ベリンダの顔をよく見てみる。

いつも通りの色っぽい美人だが……彼女の目元が、少し赤い気がした。

「あなた、もしかして泣いてた？　イアンと何かあったの？」

「………………」

ベリンダは肯定も否定もせず、ほんの少しだけ顔を下へ向けた。

彼女はイアンを通して知り合った間柄ではあるが、ユフィにとっては数少ない友人の一人だ。もしも、何か悩みごとがあるのだとしたら、力になってあげたいとも思う。

「……少しだけ、話がしたいの。駄目かしら？」

「わかったわ」

彼女の弱々しい頼みを聞けば、その思いは一層強くなった。

ユフィは強く頷き返してから、モリーに手を上げて指示を出す。

「モリーは中に入っていて。少し、ベリンダと話がしたいの」

「ですが、お嬢様……」

「少しだけよ、大丈夫」

言葉を重ねれば、モリーは少し戸惑った後に、一礼して下がっていった。代わりにユフィは、ベリンダの馬車にお邪魔をさせてもらう。

「うわ、すごい。クッションふっかふか」

爵位はユフィたちのほうが上だが、ベリンダの家は事業に成功していることで有名であり、座席の内装もかなり凝った豪華なものだ。

「気に入ってくれたならよかった」

上品な深紅の座席に座り直すベリンダは、モリーとはまた違うタイプの美人だ。個人的な意見になるが、イアンにはもったいないと思ってしまうぐらいに。

「様になるわねぇ。美人で羨ましいわ」

「そんなことはないわよ。あなたのほうが魅力的だわ。きっとね……」

ベリンダに微笑まれると、同性なのにドキッとしてしまう。しかし、やっぱり笑みには力がない上、どこか疲れたような雰囲気が漂っていた。

(もしかして、ベリンダとイアンも喧嘩をしているのかしら？)

それなら、イアンが一人でユフィを訪ねてきたことにも合点がいく。ネイトとの仲直りを熱心に勧めたのも、彼自身がベリンダとの仲直りを望んでいたからだったのか？

「ベリンダ、やっぱりイアンと何かあったの？」

「……少し、走らせるわね。家の前にずっと停めていたら、迷惑でしょうから」

ベリンダはユフィの問いには答えず、代わりに御者に馬車を動かすように指示を出した。途端に、馬の嘶きを響かせて、馬車が動き始める。といっても、かなりゆっくりとした速度だ。

「散歩だとでも思って、ユフィ。話が終わる頃には、戻ってくるから」

「わかったわ」

ユフィが頷き返すと、ようやくベリンダは少しだけ口端を上げた。それでも、いつもの彼女と比べたらずいぶんと弱々しい笑い方だ。

「……ユフィが、元気そうでよかったわ。イアンがとても心配していたの。ユフィが引きこもっていて、夜会どころか屋敷からも出てこない。病気にでもなったんじゃないかって」

「ええ、さっき本人にも言われたわ」

夜会狂いのように言われたことを思い出せば、つい眉間に皺が寄ってしまう。

そんなユフィの反応に、またベリンダは寂しそうに微笑む。ユフィよりも、ベリンダのほうがよほど心配したくなるような様子だ。

「最近のイアンったら面白かったの。二言目にはユフィユフィって。鳴き声みたいにあなたの名前を呼ぶんだもの」

「そ、そんなに？」

「ええ。よっぽど幼馴染みのことが心配だったんでしょうね。婚約者のわたしに、何も言わずに一人で会いに行くぐらいには」

「……そうなの？」

くすくす、と。ベリンダの笑い声が馬車の中に響く。

……何故だろうか。笑っているはずなのに、その声はまるで泣いているようにも聞こえる。

（もしかして、怒ってる？　イアンが私のところに一人で来たから）

ユフィはイアンが婚約してから、これまで一度も一対一では会わないようにしてきた。

けれど今日は、初めてイアンが一人でユフィを訪ねてきた。

もちろん、部屋にはモリーを控えさせていたし、二人きりで会うような不誠実なことはしていないが、ベリンダはそれを知らない。

(二人が喧嘩をしていると仮定して……原因が私という可能性もあるの？)

そんな馬鹿な、と思う反面、ベリンダの立場なら疑ってしまうかもしれないとも思う。

自分の婚約者が〝自分よりも付き合いの長い女〟のもとを一人で訪れたら、誰だっていい気持ちはしないだろう。

「あの、気を悪くしてしまったなら、ごめんなさいベリンダ。私とイアンは本当にただの友達で、やましいことは何一つないわ。神に誓ってもいい」

「そうね、ユフィはきっとないと思うわ。だってあなたにも、好きな人がいるもの」

姿勢を正し、彼女をまっすぐに見つめて謝罪を示す。

しかし、ベリンダとは視線が合わない。悲しげな瞳は、座席の横の壁に向けられている。窓には分厚いカーテンがかかっていて、外の景色も見えないのに。

「ベリンダ……？　あの」

「ユフィは知っているかしら。イアンはね、わたしと婚約するまで……ずっとあなたのことが好きだったらしいのよ」

「――は？」

一瞬、頭の中が真っ白になってしまった。

あのイアンがユフィを好きだった？　そんなことが、ありうるのだろうか。

(私にとって、イアンはずっと友達だったわ。領地がご近所なだけの、幼馴染みだもの)

周囲がなんと言おうとも、ユフィにとってはそうだ。絶対に変わらない、大事な〝友達〟だ。

(だけど、イアンはずっと、兄さんに敵視されてきたって言ってた……)

ネイトはユフィに近づく男を許さない。性別が男であれば、基本的に誰でも遠ざけてきた。特に
『男女の関係』を望む相手などは、敵として見てきたらしい。

ユフィにとっては極めて迷惑なその基準に、もしイアンが引っかかっていたとしたら。

(そんなこと……)

呆然とベリンダを見つめ返せば、彼女もようやくユフィのほうを見た。

いつもの色っぽくて、大人びた表情ではなく。

——恋する乙女らしい、涙をたたえた悲しげな瞳で。


「わたしのイアンをとらないで‼」

——直後、彼女の身を裂くような叫び声が馬車の中に響いた。
ああ、やっぱり誤解をされている。ユフィはどれだけモテなくても、相手が見つからなくても、
イアンを選ぶことは絶対にないのに。
「と、とらないわ！　私は絶対に、イアンとはそんな仲にならない‼」

ユフィも必死に反論するが、ベリンダは大粒の涙をこぼしながら頭を横に振る。

どうしたら信じてもらえるのか、彼女に近づこうと座席から立ち上がったところで、

「……ごめんなさい。今はあなたを信じられないの！」

ガッと、力強く腕を掴まれた。

「ベリンダ、何を……ッ⁉」

全てを言い切る前に、ユフィの腕が強く引っ張られる。

そして、そのまま――勢いよく〝外に〟放り出された。

（ずっと壁を見ていたのは、扉を開けるためだったの⁉）

本来ならぶつかるはずの座席の扉は開いていて、ユフィの体は宙に浮いてしまう。

妙にゆっくりと去っていく馬車と、ベリンダの泣き顔の景色。

……続けて、ガツンと激しくぶつかる痛み。

一瞬、星が散ったような光が見えて、そのままユフィの意識は遠ざかっていく。

（ベリンダ、どうして……兄さん！）

定まらない思考の中で、最後に呼んだ名前は、声にならずに消えていった。

5章　窮地で認める恋心

「……うっ、いた……」

頬に触れるジャリジャリとした感触で、ユフィは目を覚ました。

土と草の匂いがずいぶん近い。どうやら自分は、地面に倒れていたらしい。

「ここは……？」

軋む体をゆっくりと起こせば、ぼやけた視界に空と木々が飛び込んでくる。残念ながら、タウンハウスの庭の景色ではなさそうだ。

「私、ベリンダに……」

直前の出来事を思い出そうとすると、激しく頭が痛む。

良い造りの馬車と彼女の涙、そして激昂。

（馬車から、落とされたのね）

今わかることを整理すると、ユフィはベリンダに放り出されて、そのまま意識を失っていたようだ。後頭部に触れると、わずかに腫れているような気がする。

まさか、友人だと思っていた女性にあんなことをされるとは、さすがに予想もしていなかった。

「……嘆くのは後ね。ここはどこかしら」

頭をさすって痛みを和らげながら、慎重に周囲の様子を探っていく。

太陽の位置がほとんど変わっていないので、時間は経っていない。ということは、ここはタウンハウスからそう離れた場所ではなさそうだ。

手に触れるのは土と葉ばかり。視界に入るのも見渡す限り木だけだ。

「森……？」

あまり馴染みのない景色に、不安が募っていく。

屋敷からそう遠くなく、自然のまま残されている森といったら、嫌なものが一つ思い当たってしまうからだ。

（ここって王都近くの森？　ジュディス様が、襲われた……）

加えて、イアンからも近づかないようにと注意を受けていた場所だ。

魔物が出る噂があるから、と。

「モリーと私の体質について話したばかりで、その噂の森に置いていかれるなんて」

タイミングが良いのか悪いのか。張り詰めていく空気を肌で感じながら、ユフィはぐっと力を入れて立ち上がる。

幸い、大きな怪我はしていないようだ。何度か屈伸（くっしん）をしてみるが、足もちゃんと動く。

「よし、歩けるわ。街まで出ればなんとかなるわね」

状況は良くはないが、夜会の帰りなどではなくてまだ助かった。

屋敷でいつも着ている服なので、スカートは比較的動きやすい膝丈のものであるし、足元もヒールが低くて軽い革靴だ。

これがコルセットを締めたドレスや盛装用の靴だったら、とても動けなかっただろう。

(確か、散歩用のコースがあるはずよね)

この森は全部管理されているわけではないが、街に近い部分には人の手が入っていて、歩きやすく整備されていると聞いたことがある。

ユフィ自身も王都で生まれ育った都会っ子というわけではなく、それなりに自然の多いセルウィン伯爵領で人生の大半をすごしてきた。多少歩くぐらいは、なんてことはない。

「大丈夫よ……大丈夫」

一歩ずつ土を踏みしめながら、自分を励ますように呟く。

……目覚めてからずっと、言いようのない嫌な感触が肌に張りついている。まるで、見世物にされているかのような、とにかく気持ち悪い感覚だ。

それは値踏みされるような視線であり、舌なめずりをする音であり、鼻を覆いたくなるような不気味な臭いでもある。

(大丈夫……街まで出られれば、騎士団が調査を進めているはずだもの。兄さんもいるかもしれないし、きっと大丈夫)

足を速めて、湿った土を必死に踏み越える。

信じたい気持ちとは裏腹に、全身の毛が逆立つような感覚はずっと付きまとってくる。

背筋が寒くて、踏み出す足が震えそうになる。

（噂があるって言っても、こんなに早い時間に出るはずがないわ……）

辺境の山奥ならまだしも、ここは王都にほど近い森だ。こんな場所で魔物に遭遇するはずがない。

そう自身に言い聞かせるが、足はどんどん速まり、ついには走り出してしまう。

――怖い。怖くて、たまらない。

（違うわ……これは、私のあの『体質』が出ているわけじゃない！　ただ、予想外のことが起こったから、動転しているだけなのよ！）

涙がにじみ始めた視界を、無理やり拭って、ひたすらに走る。

周囲には木しか見えず、どちらが街なのか全くわからない。

「看板とか、あるはずよ。きっと、何か目印が……」

一度足を止めて探ってみるべきだとわかっているのに、怖くて走ることを止められない。

ジュディスの一件の時は、馬車に乗っていたし、狙われていたのはユフィではなかったから。だから、多少怖くても平気だった。

何より、ネイトが傍にいてくれたから。

だが、今のユフィの傍には、誰もいない。

「……ヒッ！」

そして、自分を誤魔化せるのも、ここまでだったようだ。

思わず口からこぼれた引きつった音は、自分の声とは思えないほどに弱々しく、すぐに空気に消えてしまった。

——目の前の林に、何かがいる。

「い、いや……どうして……」

寒くて、怖くてたまらない。

あれほど動いていた足が、今は地面に縫いつけられたかのように動かない。

——大丈夫。きっと野良犬か何かだ。

現実を否定したがる自分が、頭の中で囁く。

黒くて、少し大きめの犬だ。その証拠に、鼻の長い顔と、だらりと垂れた舌が見えている。四足歩行の、典型的な獣だ。怖がる必要はない。

怖くない怖くない怖くない怖くない。

「………ち、がう」

どれだけ頭の中で否定しても、ユフィの見開いた目には映ってしまっていた。

大きな犬のような『それ』から生えている四本の足が、〝ヒトの手足〟の形をしているのが。

(これが……魔物、なの?)

〝異形の化け物〟と言っていたモリーの言葉を思い出す。

抽象的な表現だと思ったが、その通りだったのだ。異形としか言いようがない。

これは、ひどく悍(おぞ)ましい、化け物だ。

グオオオオオオオオオオッ‼

地面を揺らすほどの大きな咆哮が響き、ユフィはとっさに両耳を押さえる。

犬の遠吠えなんて可愛らしいものではない。人の本能的な恐怖を呼び覚ます、悪夢のような声だ。

（に、逃げなきゃ‼）

次いで、たった一つの言葉が頭を埋め尽くしていく。逃げなければいけない。今すぐに、何を置いても逃げなければいけない。

でなければ――ユフィは確実に死ぬ。

「…………ッッ！」

まとわりつく嫌な空気を全力で振り払って、ユフィは踵を返して走り出した。

行き先がどちらかなどわからない。どこへ逃げればいいのかもわからない。

それでも、今は絶対に足を止めてはいけないことはわかった。

手足が震えても、脇腹が痛くても、息が苦しくても……走ることを止めたら死ぬ。

「来ないで……来ないでよ！」

かすれた悲鳴と涙をこぼしながら、もたつく足を必死で前へと押し出す。

転がるような不格好な走り方だが、今はとにかく走るしかない。

「はあっ……ああ、やだ来た……！」

背後からは、『たしたし』という柔らかな足音が迫ってくる。

靴で土を踏む音ではない。素手か素足で土を踏んで走る、異常に軽い音だ。

(追ってきてる……気持ち悪い‼)

挫けそうな心を叱咤しながら、ユフィもとにかく足を動かし続ける。

ネイトのように戦えないユフィにできることは、力の限り走ることだけだ。

「え……な、なに？」

ふと、奇妙な足音が重なった気がした。

ただでさえ自身の鼓動と呼吸音がうるさいので、聞き間違いかもしれない。

けれど、もし聞き間違いではなかったら……恐怖と不安が、ほんのわずかにユフィの顔を背後へ向ける。

「嘘……！」

直後、一瞬でも後ろを確認してしまったことを、激しく後悔した。

——魔物は、一体ではなかった。黒くて悍ましいそれが、隊列のように並んで駆けている。

見えただけでも四体。犬のような鋭い牙を剝き出し、人のような手足で地面を蹴る化け物たちが、どれも皆ユフィを追っているのだ。

(最悪すぎるわ‼　一体でも怖いのに、こんなのッ！)

もしや、先ほどの咆哮は仲間を呼ぶための声だったのか？

たった一人の小娘相手に、そこまで全力で狩りをする必要があるのか。

(なんなのよ‼)

恐怖が限界を超えて、もう笑ってしまいそうだ。

足音も、叫ぶような声も、少しずつこちらへ近づいてきている。

(どこかに隠れないと……もう、足が……)

今になって、引きこもり生活を送っていたことを激しく恨む。

本職のネイトほどとは言わないが、せめてもう少し運動をしていたら、持久力も違ったかもしれないのに。

怖くて、寒くて、息が苦しい。

「誰か……誰か……っ‼」

周囲に見える景色は、変わらずずっと木だけだ。

……心なしか、最初に見た時よりも太くて高い木々が、ユフィを覆うように枝を広げている。

もしかして、自分は森の奥へと進んでしまっているのか？

不安はどんどん増していくが、それを考える余裕もない。

足を止めたら確実に死ぬ。足を止めなくても、じきに動けなくなる。……絶望的だ。

「……ッ！」

そんなユフィに差した希望の光とばかりに、木だらけだった景色の中に別のものが見えた。

森の中にひっそりと佇むのは、古い木造の建物だ。この森の管理者のものか、それとも休憩所か何かだろうか。

目的は何であれ、人工物があれば隠れられるかもしれない。

「あそこまで……行けば！」

最後の希望にすがるように、軋む足をさらに前へと進ませる。

目的地さえ定まれば、息苦しさも耐えられる。

もう少し、あと少し……近づくにつれて見えてくる建物は雨風で傷んでいて、どちらかといえば廃屋だ。それでも、魔物に追われ続けることに比べればずっとマシだ。

「扉……お願い、開いて‼」

眼前まで迫ったノブに、決死の思いで手を伸ばす。

ギシッ、と嫌な音を立てつつも、扉はユフィの望み通りに外側へ開いた。

「やった！」

自分が通れるだけの幅を開けると、すぐに中へ身を滑らせる。

続けて、はめるだけの簡易な鍵をかければ、直後に扉にぶつかる音が聞こえてきた。

「間一髪……」

ボロさから見ても長くはもたないだろうが、息を整える時間ぐらいなら稼げるだろう。扉を見張りながら、ユフィは慎重に後ろ歩きで中へ進んでいく。

やはりここは、打ち捨てられた建物のようだ。

以前は休憩所として使われていたのか、そう広くもない室内にはヒビの入ったテーブルと椅子、奥に簡単なキッチンのようなものが見える。

どれもひどく劣化していて、壊れたり黒く変色してしまっている。

（使えるものはなさそう。隠れられる場所はないかしら……）

一応武器になりそうな椅子の脚を一本拾い、向き直ってゆっくりと進んでいく。

あの魔物は顔が犬のようだったので、鼻が利くとしたら隠れても意味はないだろう。それでもわずかな望みをかけて、身を隠せそうな場所を探していく。

穴の空いた木箱、ビリビリになっているカーテンの残骸……クローゼットなどがあれば最適なのだが、ユフィが隠れるには小さいものばかりだ。

「いっそ物陰に隠れてやりすごす……いや、無理よね」

扉は断続的にドンッと大きな音を立てて揺れている。残り時間はあまりなさそうだ。

（護身術をもっと習っておけばよかったわ）

ユフィも伯爵令嬢なので必要最低限は覚えさせられたが、勉強といえば教養やマナーの授業ばかりだった。

もし今日無事に帰れたら、新しく護身術の教師をお願いすることにしよう。

「ッ!?」

そうこう考えている内に、ガンッと、ひときわ大きな音が響いた。

鍵の部分か、あるいは扉の蝶番（ちょうつがい）が壊れたのかもしれない。

声を出さないように左手で口を押さえるが、逸る（はやる）心臓が飛び出てきてしまいそうだ。

（怖い……誰か……兄さん）

どうして喧嘩などしてしまったのか、数日前の自分の行動が悔やまれる。

いつもの過保護な兄のままなら、ユフィがいないことに真っ先に気づいてくれただろうに。

(兄さんは今、屋敷にすら帰ってこない。モリーが一番最初に気づくと思うけど、兄さんにそれが伝わるのはいつかしら)

貴族令嬢がいなくなったとしたら、普通はすぐに調査に動いてくれるはずだが、ネイトも父も最近はずっと忙しくしている。

一緒に暮らしている父はともかく、ネイトがユフィの行方不明に気づくのは、もしかしたらだいぶ後になるかもしれない。

しかも、今回ユフィを連れ出したのは、友人のベリンダだ。

彼女の馬車にユフィが自ら乗り込んだ以上、二人で遊びに行っているか、もし疑われても『ユフィが家出した』程度にしか思われないだろう。

そうなれば、騎士団が動いてくれることなどまずない。もしベリンダがそこまで計算した上でユフィを放り出したのなら、見事な計画的犯行だ。

(私にも婚約者がいれば、捜してくれる人も増えそうだけど……こういう時、独り身の令嬢って本当に立場がないわね)

恐怖を紛らわそうとしているのか、とりとめのないことばかりが頭に浮かんでは消えていく。

扉はまだかろうじて耐えているが、先ほどの魔物が乗り込んでくるのは時間の問題だ。

姿勢を低く落とし、右手に椅子の脚を握って、じっと待つ。

(ここまで、なんて考えたくないわ)

たった十六歳で死にたくはない。助けが来る見込みがどれだけ薄くても、あがけるところまではあがきたい。

ゆっくり、慎重に、足を動かしていく。

……しかし次の瞬間、靴の下からミシリと嫌な音が聞こえた。

「え？　なんの音？」

扉が軋む音とは別に、ユフィの足の下からギシギシという音が聞こえてくる。

まさか、床板が腐っていたのか？

「まずい……」

慌てて足をどかすが、軋む音はどんどん大きくなっていく。

これは急いで逃げなければと、立ち上がろうとした――直後。

板の割れる大きな音と共に、ユフィの足元が消失した。

「嘘でしょっ⁉」

とっさに手を伸ばすが、崩れる床は連動してバキバキと砕けていく。

摑んだはずの床板が、手の中で壊れる感触を覚えながら。

ユフィの体は――そのまま〝深く〟落ちた。

＊＊＊

――ネイト・セルウィンは、このところずっと不機嫌だった。

理由は単純明快、最愛の妹であるユフィに会えていないからだ。

（離れることが、こんなに辛いなんて……）

一行文字を書くごとにため息をつきながら、手元の書類へペンを走らせる。今日のネイトは護衛もなければ警邏任務もなく、朝から事務室でずっと書類仕事をしている。

さして難しい仕事でもないせいで、余計にユフィのことばかり考えてしまい、ため息の数は時間が経つにつれて増える一方だ。

（以前は、もう少し耐えられたんだがな）

ネイトが騎士になったばかりの頃は、それこそ長期休暇をとらなければ会えないぐらい離れていても平気だった。

無論、会いたくなかったわけではないが、ユフィが望んだ〝理想の騎士〟になるためには必要な時間だったので、耐えられたのだ。

大きくて丸い碧色の瞳を輝かせながら、『格好いい』と騎士に見惚れていたユフィを見た時は、相手に少々殺意を覚えたものだが。いざネイトが騎士になってしまえば、ユフィはわき目も振らずにネイトだけを見てくれたので、あの時間はやはり必要だったと思っている。

もちろん代わりに、領地へ戻った時にはユフィを全力で甘やかした。

溢れんばかりのお土産を買って帰り、片時も離れないようにユフィと一緒にすごした。
王都へ戻る際、寂しそうにネイトに手を振るユフィの顔を思い出すだけで、次の休暇までの仕事も頑張れたものだ。

(なのに、今はこのざまか……)

近くで暮らしていて、会える場所にいるとわかっていると、我慢するのが辛くてたまらない。
屋敷に帰りたい。最近の、ちょっと不機嫌そうな『兄さん』と呼ぶ声が聞きたい。
だが、距離をおきたいと言われてしまった以上、無視して戻るわけにもいかない。

「ユフィ……」

再びため息。と共に、サインと押印の入った書類が、ぺらりと机の端の籠の中へ入っていく。
辛い。もどかしい。……いや、もっとだ。この感情に名をつけるなら、なんと呼ぶべきだろうか。

「そんなユフィユフィ鳴きながらも、仕事が普通に進んでいるお前が怖い」

ふいにかけられた声に視線を動かすと、赤茶色の短髪の男が眉を下げながらこちらを見ていた。
つい先日、色々と世話になったばかりの同僚グレイだ。

「こんなもの、いちいち考えなくても書けるだろう」

「いやいや、報告書だからな？　ちゃんと書こうなネイト」

「書いている。俺はやり直しを受けたことは一度もない」

すっぱりと答えれば、グレイは一度呻(うめ)いた後、しょんぼりと顔を俯かせた。
彼の手元にも同じような書類があるが、文字数は全く増えていないし、提出籠の中も空っぽのままだ。あまりに差がありすぎて、室内の他の騎士たちも困惑の表情を浮かべている。

「めちゃくちゃ強いのに、事務仕事も完璧だなんて……なんなのネイトって」

「それはどうも。なんなら、それも貸せ。やることがなくなってしまった」

「もう終わったのか⁉」

彼の机の紙束に手を伸ばせば、途端にグレイはキラキラした目をネイトに向けてくる。

ネイトにとって、仕事を時間内に終わらせることは当たり前のことだ。そうしなければ、ユフィのもとに帰る時間が遅くなってしまうから。

いや、できれば予定よりも早めに終わらせるのが好ましい。終業時刻には帰り支度を終えていて、即馬を走らせられたら完璧だ。

「ついいつものペースでやってしまったが、今は仕事を終わらせても用がない」

「ああ……そうだったな」

だが今は、仕事が終わって寮へ戻っても、やることがない。

同僚たちは気を遣って飲みになど誘ってくれるが、ネイトにとってユフィとすごす以外の時間は全て『無駄』だ。

たとえ何をするでもなく、ただ隣にいるだけだとしても。

端から見たら、無意味に見えるとしても。

ユフィがいなければ全てに価値はなく、逆に彼女がいればその時間は輝かしいものとなる。ネイトの価値観は、たったそれだけの非常にシンプルなものなのだ。

（なのに、距離をおきたいなんて言われるとは）

堂々巡りの考えに、またため息がこぼれる。自分が一体何を間違ってしまったのか、何日も考えているが、答えはさっぱりわからない。

年頃の女の子の心はわかりにくいとよく言われるが、それにしたってネイトを遠ざけるのはあんまりだと思ってしまう。

ネイトほどユフィを想っている者など、この世界には存在しないのに。

「仕事を手伝ってやる代わりに、意見を聞かせろグレイ」

「うん？　珍しいな、どうした？」

なるべくグレイの筆跡を真似（まね）て文章を連ねていくが、ネイトの手が止まることはない。やはり、こんな仕事はとても簡単だ。ネイトを困らせるものは、この世に一つしかない。

「女の子の反抗期というものは、いつ終わるんだ？」

「いや、とっくに終わってると思うぞ？」

いつになく真剣に質問をしたネイトに、同僚は同じく真顔で首を傾げた。

「反抗期ってのは、小さい時の何にでもイヤイヤするアレだろう？　だったら、とっくに終わってるじゃないか。何を言っているんだネイト」

「そう、なのか」

グレイの真面目な言い方を聞く限り、冗談ではないようだ。

残念ながらネイトがユフィに出会ったのは六歳の時なので、乳幼児の頃は知らない。

きっととんでもなく可愛い赤ん坊で、セルウィン伯爵夫妻は日々誘拐犯と死闘を繰り広げたに違いないとは勝手に思っているが。

「だったら、今ユフィが俺と距離をおきたがるのは何故だ？　反抗期ではないのか？」

「俺に聞かれてもな。十四歳前後にもあるらしいけど、今は普通にネイトが嫌だったんじゃ……」

バキッ、と。ネイトの手元から鳴ってはいけない音が響いた。

騎士団の詰め所でも事務室は静かなので、何人もの騎士たちがこちらを振り返ってくる。

「悪い、砕けた。……なんだって？」

「いや悪かった。なんでもない」

手の中でバラバラになったペンを捨てて、予備で置いておいたものを手にとる。

まったく、真面目な話をしているのだから、最後まで冗談は言わないで欲しいものだ。……人間の首を折ることとぐらい、ネイトには造作もないことなのだから。

「質問の意図が伝わっていなかったようなので、今一度聞こう。ユフィが俺と『距離をおきたい』と言ってきた場合、考えられる可能性はなんだ？　俺は誰を斬ればいい？」

「誰も斬ったら駄目だと思うぞ！　ネイトが罪なき人を殺したら、ユーフェミアちゃんが悲しむだろうしな」

「では、殺すのはやめる」

ネイトが答えを改めると、部屋の中にホッと息を吐く音が響いた。

ユフィが嫌がらなければもれなく殺しても構わないと思っているが、それは言わないほうがよさそうだ。

「俺も女の子の考えなんてわかんねえけど。一度離れて考えたいことがある、とか？」

「俺には言えないことなのか？　何故だ？」

「赤の他人の俺に聞くなよ。考えられるとしたら、ネイトに関わることで悩んでるからじゃないのか？」

眉間に皺を寄せつつも、グレイはなんとか絞り出したであろう返答を伝えてくる。

確かに、それなら悩みの種である当人には話せないだろうし、距離をおきたいというのもわからなくはない。ネイトとユフィは近すぎるから。

（だが、今更何を悩む必要がある？）

問題は、ユフィが悩むようなものが、ネイトには全く思い当たらないことだ。

ネイトなりにこの十年間、ユフィの障害となるものは全て排除してきた。危険から守り、支え、可愛いユフィが健やかに育てるように尽くしてきたつもりだ。

「……グレイ、俺はユフィの悩みに全く覚えがないぞ」

「ないはずはないだろう。あの子、婚活が上手くいかないって俺にまで言ってきたんだぞ？　ネイトが関与していないとは思えない。ほら、何をしたんだ？」

「……ああ、そのことか」

一気に呆れた声になったグレイに、ネイトは深く頷いて返す。

それについては今のところ一切問題はなく、順調に話が進んでいる。セルウィン伯爵も、実はそ

れに関わることで日々忙しくしていたのだ。

けれど、その問題もそろそろ終わりが見えてきている。

これさえ片づけばセルウィン伯爵も手が空くようになるだろうし、ネイトも一度屋敷に帰って、ちゃんと話ができる予定だ。

「色々と面倒が重なっていたが、ようやく片づく目途が立った。婚活……いや、婚約については、一切問題ないぞ」

「いやだから、ネイトの婚約じゃなくてだな」

「ああ。ユフィの婚約だ」

「……ん？」

きょとん、と音がしそうな表情で、グレイが目を瞬かせる。

何やら、ネイトたちの話に聞き耳を立てていたらしい他の騎士たちも、同じような表情だ。……こんなところで油を売っていられるとは、騎士とはもしや閑職なのだろうか。

「……お前とファルコナー侯爵令嬢が偽装婚約とかそういう話じゃなく？」

「はあ？　何故俺が偽装でも婚約なぞしなければならない。そもそも、そんなことをしたら、あの方がキレるだろう。殺せない相手を敵に回す趣味はない」

「い、いや、お前たち二人が良い雰囲気とか、そういう話が巷で噂されていてな……」

言葉を濁すグレイに、今度はネイトが首を傾げる。

ジュディスに関することは、同僚であり同じ案件に関わっているグレイももちろん知っているはずだ。

ジュディスとネイトが、決してそういう関係ではないということも。

「意味がわからないな。何故、俺が……」

「ネイト・セルウィン！　お前に来客だ」

理解できない話を問い質そうとして——しかし、意外な呼びかけによって遮られてしまう。

「来客？」

「ああ。お前の家の侍女だという、えらいきれいなお嬢さんだ。急ぎのようだから、早く行ってやるといい」

「侍女？　わかった、すぐに行く」

席から立ち、伝達者に会釈をしながら、いくつか顔を思い浮かべる。

とりわけ記憶に残っている侍女といえば、ユフィに長く専属でついているモリーという者だ。

ネイトには専属はつけていないし、わざわざ職場へ来るような親しい仲の者もいない。

（なんだ……？）

どこか嫌な予感を覚えながら、足早に廊下を抜けて、面会用の入口を目指す。黒い見慣れたお仕着せ姿で現れたのは、予想通りユフィ付きのモリーだった。

……顔色を真っ青に変え、胸の前で組んだ手を震わせながら。

「何があった」

ただならぬ様子に、対使用人用の柔らかい顔をとり繕うことも忘れて、即座に問いかける。

モリーは一瞬怯えた表情を見せたが、すぐに表情を正して答えた。

「お嬢様が……お嬢様が、戻らないのです！」

「…………ッ」

――頭を殴られる感覚というのは、こんな感じなのだろうか。

自他共に認める最強の騎士であるネイトは、基本的に負傷などしない。

だが、今の一言は〝痛い〟と感じた。次いで、焦りと怒りが胸にわき上がってくる。

「……どういうことだ。説明しろ！」

「おいっ、ネイト⁉」

思わずモリーの肩に掴みかかり、受付にいた仲間に止められてしまう。

だが、落ち着いてなどいられない。誰よりも大切なユフィが、いなくなったと言われたのだ。

「……悪い、ユフィのことになるとつい。詳しく話してくれ」

モリーの肩から手を離し、軽く頭を下げる。代わりに握り締めた拳は、ギリギリと軋む音を立てて震えていた。

「お、お嬢様のもとにベリンダ様がいらっしゃって……少し話すだけですぐに終わるから、と。屋敷には入らず、あちらの馬車でお話をしたのです」

「ベリンダ？　それは、ハースト伯爵令息の婚約者か？」

こくこくと頷いた彼女に、ネイトはベリンダの顔を思い出そうとする。

正直に言えば、ネイトにとってユフィ以外の女は皆同じだ。

どれほど美人ともてはやされようと、位の高い者であろうと、ユフィでなければなんの価値も感じない。

ゆえに、ベリンダとやらも曖昧な記憶しかなく……多分、亜麻色の髪をしていたという情報までは思い出せた。

「それで？」

「そのまま、今もお戻りにならないのです！　すぐにイアン様のもとへも使いを出したのですが、あちらの屋敷にも来ていないと……！」

「目の前で連れ去られたのかッ!?」

「申し訳ございません!!」

大きな謝罪の声が響き、さすがの騎士たちもこちらを窺うように集まり始める。

「おい、見世物じゃないぞ。散れ」

「わ、悪い……」

思わず素の低い声が出てしまったが、今は他人に構っている場合ではない。そもそも、野次馬根性を隠せないなど騎士失格だ。

ことが全部片づいたら、改めてしごいてやらなければ。

（ユフィ……）

モリーの腕をやや強引に引っ張り、乗ってきた自家の馬車へと連れていく。

確かにユフィは攫ってしまいたいほど愛らしい少女だが、それをネイト以外の者に許すつもりは毛頭ない。それも、貴族の馬車ごと行方がわからないとは、何やら面倒な予感もする。

……ユフィが怖がっているかもしれない。悲しんでいるかもしれない。

誰よりも大切な彼女を、早く迎えに行ってやらなければ。

「あの、ネイト様……」

「ああ、悪かったな。報せに来てくれてありがとう。お前は屋敷に戻って待っていてくれ。じきに父上も戻るはずだ」

「で、ですが……」

停めてあった馬車の扉を開くが、モリーは困惑の表情でネイトを見上げて動こうとしない。

長年ずっとユフィに仕えてきた彼女だから、返答を聞くまでは動けないのだろう。

「心配はいらない。俺がすぐに迎えに行くよ。必ず、ユフィを連れて戻る」

「……はい。はいっ！　何卒、お願いいたします……！」

はっきりと断言すると、モリーは深く頭を下げてから馬車に乗っていった。目には涙が見えたので、彼女も不安だったのかもしれない。

(見つけるに決まっている。俺が、必ず)

走り去っていくセルウィン家の馬車を見送った後、ネイトも書類を書いていた部屋には戻らず、そのまま厩舎へ足を向けた。

「あれ、セルウィンさんどこに行くんだ？」

「急ぎの案件だ」

ちょうどよく馬の世話役がいたので、軍馬を一頭支度させてすぐに跨る。

……私用で軍馬を使うのは禁じられているが、ユフィの一大事に人間のルールなど守っている場合ではない。

「妹が誘拐された。迎えに行ってくると伝言を頼めるか」

「はい……はいっ⁉」

要件だけの伝言を残して、手綱を一気にしならせる。

王都の中など、騎士にとっては庭も同じだ。移動に馬車を使ったのなら、まだこちらに利がある。

(本当は、あまり使わないようにしていたが)

続けて、軍馬を走らせたままネイトは目を閉じる。全身の感覚を研ぎ澄ませて、王都じゅうを捜せるように、力を解放する。

……やがて、暗闇の中に浮かび上がるのは、どこまでも輝かしいユフィの魂の気配だ。

(よかった、王都の近くにいるな)

ユフィの兄として生きると決めて以降、『本来の力』などないものと考えて努めてきたが、今ばかりは話が別だ。

早く見つけて、この腕に抱き締めてやりたい。

「…………は？」

しかし、ユフィの気配と同じ場所で、嫌なものも感じとってしまった。

魔物の気配。それも一体ではなく、続々とユフィに近づいていくのを感じる。

「あのなり損ないども……！」

怒りで肌がざわついていく。

魔物が発生していることはもちろん知っているが、〝殲滅よりも優先すべきことをしろ〟との命令が出ていたため、騎士団は街に近づいた個体だけを倒して、危険度が低い森の奥のものは監視するだけに留めていたのだ。

（まさか、こんなところで裏目に出るとは）

時間の経過と共に、魔物の数も増えていく。

ネイトにとっては障害にすらならないものでも、か弱い人間のユフィにとっては命の危機だ。

「くそっ‼」

短く吐き捨てて、馬の速度を上げる。

ユフィが連れ去られた場所は――あの森だ。

皆気づいていないようだが、人々に開放している安全な『小さな森』は全体のごく一部だけで、実はかなり大きな森だ。

奥へ行けば行くほど人の手が入っておらず、立ち入りを禁止する看板や柵によって普段は区切られている。だが、ユフィのいる位置はその奥だ。

「監視の騎士は何をしていたんだ！」

逸る気持ちのままに、とにかく馬を走らせる。

風のように去っていく景色も、周囲の驚きの声も、今は気になどしていられない。

あの森へ、ユフィのもとへ行ってやらなければ。

普段と比べればはるかに早く、しかし、ネイトの気持ち的にはやっとのことで森に辿りついたのは、騎士団の建物を出てから十数分後のことだ。

入口には監視として駐屯していた騎士たちの他にも、人が集まってざわついている。

……目に入ったのは、立派な馬車が一台と、貴族が私用で使う鞍のついた馬だ。

「ッ！　ネイトさん、こっちです‼」

ネイトの軍馬に真っ先に気づいたのは、焦げ茶色の髪と目の見知った男……イアンだった。

髪も衣服もかなり乱れているので、恐らく馬で来たのが彼なのだろう。

「何故お前がここに？」

「ユフィの侍女さんに聞いて、捜しに来たんですよ」

彼の腕の中には、がくがくと震える女が一人立っている。髪の色は……亜麻色だ。

「おい、その女がユフィを連れ出した犯人か？　何故お前はここにいる」

「ヒッ⁉」

確かこんな容姿だったと思い訳ねてみれば、案の定これがベリンダという女らしい。

短く悲鳴を上げて、イアンの腕に必死でしがみついている。

「ま、待ってください、ネイトさん。彼女はオレの婚約者で……」

「知っている。俺は事実確認をしただけだ。ユフィと一緒にいたはずだろう」

「で、ですが、そんな冷たい言い方……」

ネイトの顔を見たイアンもすぐに目を逸らすと、腕の中の人物を見つめる。別にネイトは脅かしているわけではない。ただ、同行していたはずのユフィの状況を知りたいだけだ。

「ち、違う……そんなつもりじゃなかったのよ！　ただ、ほんの少し怖い思いをさせようとしただけで、ユフィを危険な目に遭わせようなんて考えたこともないわ！」

一方のベリンダも、ひどく怯えた様子で首を横に振る。……つまり、馬車ごと行方知れずになったのではなく、この女がユフィを『誘拐した』と自供したのだ。

「お前がユフィを森の奥に置き去りにしたのか？　何がそんなつもりじゃなかっただ！」

「だから、わたしの馬車も少し離れたところで待っていたわ！　ちゃんとユフィを乗せてから帰るつもりだったもの！　なのに、どうしよう……ユフィが、あんな……」

――次の瞬間、ベリンダの声を遮るように、低い咆哮が響き渡った。

「いやあっ‼」

すぐさまベリンダはイアンの胸に顔を押しつけて、ぶるぶると震え続ける。

抱き着かれたイアンも、驚愕(きょうがく)の表情で森を見つめる。……ネイトだけは、聞き慣れたそれに眉一つ動かさず、二人に改めて冷めた視線を送った。

「本当に……魔物が出るなんて……」

「だから、近づくなと警告したはずだ。騎士が監視に立っているのは、何故だと思っている」

もっとも、ベリンダの馬車を普通に通したのなら、その騎士も全く職務を理解していなかったということだが。

「あっ、ネイトさんどこに⁉」

話すのも馬鹿らしいので、ネイトは再び手綱を摑んでイアンたちから離れていく。

ネイトの姿に気づいた騎士たちも、気迫に負けたのか道を空けるように退いた。

「ユフィが森の中にいる。俺が連れ戻す」

「危険ですよ！　魔物が……それも、かなりの数で出ているって！」

「あんなもの、障害にもならん」

それだけ言い放って、ネイトはまた一気に走り出した。

ユフィの気配は、まだかなり遠い。ベリンダがよほど奥で置き去りにしたのか。それとも、ユフィ自身が迷って奥へ入ってしまったのか。

「待ってろ、必ず――――！」

＊＊＊

「い、痛い……」

ユフィが目を覚ました時、そこは先ほどとは違う部屋だった。

周囲には割れた木の板が散乱していて、下手に動いたら怪我をしてしまいそうだ。

……いや、すでにあちこち怪我を負っているようだが。

(私、廃屋の床が落ちて……？)

体を起こそうとすると、激しい痛みが全身に走る。

木の板で傷つけたものであったり、あるいは落下した際に打ちつけたのであろう鈍痛だったり。

「くっ、痛……本当に、最悪……ッ」

生理的な涙と汗がにじみ出てくるが、しかし、ユフィは生きている。

魔物に追い詰められて、廃屋の床が抜け落ちて、それでもまだ生きているのだ。

それなら、ここで諦めるわけにはいかない。なんとしても家へ帰らなければ。

「はあっ……よかった、骨折はしてなさそう」

一番大事な手足から確かめて、慎重に動かし、体勢を整えていく。

やがて、なんとか膝立ちができるようになった頃には、周囲を窺う余裕も出てきた。

「この部屋は、地下室ってこと？」

てっきりすぐ地面にぶつかるものと思いきや、ユフィは予想以上に深い場所に落ちていた。

……この廃屋は、どうやらいわくつきの建物だったようだ。

見上げた天井……もとい、砕けた一階の床はずいぶん遠くにあり、少なくとも建物一階層分以上の空間を空けて造られている。

(あの高さから落ちて、よく死ななかったわね私)

あちこち痛むが、打ちどころがよかったのだろう。

自分の丈夫さに感謝しつつ、ひとまず部屋の奥へと進んでみる。

出口が約二階分上にあっては、さすがにそのまま登ろうという気は湧いてこない。

「ここは何をするところなのかしら？」

痛む足を引き摺りながら進んでいくと、砕けた上部から差す陽とは別の光源が見えてきた。

もう少し近づいて見れば、それは蠟燭の火だとわかった。

背の低い箱のような物の上で、もとは何十本もあったのであろう大量の溶けた蠟と、か細い火が燃えている。

「蠟燭に、火？　じゃあ、ここを使った人がいたってこと？」

数日か……長くても十日前ぐらいだろう。人の入った形跡に、安堵と恐怖が入り交じったような感情が浮かんでくる。

（もっと、何かないかしら）

さらに見回してみると、燃えていない蠟燭が転がっていた。それをのせるための金属の皿も。

……まるで、部屋を探れと言っているかのように。

「…………」

少々不気味ではあったが、ユフィは大人しくそれに火を移して、上部の明かりが届かない奥へ進んでみる。

造りは上の廃屋と同様に簡素なもので、岩と土を削り出しただけの壁に、家具らしきものは一切ない。適当に積まれた木製の箱が不気味に見えるのは、窓がないせいだろう。

ただ、それだけだ。

「隠れ家と呼ぶには、殺風景すぎるわね……」

普通はもっとこう、何かいけない物を隠していたり、誰かが隠れ住んでいる形跡がありそうだが、ここには生活の跡がほとんどない。

蠟燭に火を灯したのなら、人が入ったのは間違いないのに、なんとも奇妙だ。

(もし倉庫として使っているなら、火をつけっぱなしになんてしない。逆に考えるなら、誰かが今もいてもおかしくないのだけど……)

気持ちの悪さを覚えつつも、ゆっくりと周囲を見回してみる。今のところ、外へ続くような出入口はなさそうだ。

ここが本当に隠し部屋なら、地下からもどこかへ通じる道がありそうなものだが。

「きゃっ⁉」

そうやって周囲ばかり見ていたせいか、突然何かに躓いて、ユフィは体勢を崩してしまう。

傷ついた足では耐えられず、ごろんと転がってしまえば、視界の中に『躓いた何か』が飛び込んできた。

「いたた……何？　黒い、布の塊？」

部屋の暗さに紛れて気づかなかったのだろう。

ユフィの足元に、あまりにも無造作に、それは転がっていた。

「…………え？」

ぱっと見、カーテンのようにも見えたが、違った。

広がる布の端に細く縫製された部分が二本ある。それは、ユフィも非常に見覚えのある形で……端的に言えば『袖』だ。

「ひ、人っ!? 大丈夫ですか！」

躓いたそれは、布の塊ではなく倒れている人間だったのだ。

慌てて膝立ちになって近づき、手を伸ばして――ヒュッと、喉が鳴った。

「……な、に。これ……」

袖からこぼれた腕だったはずのものは、枯れ枝のように萎びてカラカラになっていた。かろうじて手の形が残っていたからわかったが、そうでなければ枝にしか見えなかっただろう。

(水分が全くない……生きて……ない、の？)

――それは、人生で初めて見る、人の死体だった。

「……うっ」

かすかに香る人だった頃の名残のような臭いに、思わず口元を押さえる。

恐らく、着ているこれは黒いローブなのだろう。顔がすっぽりと隠れていてくれてよかった。

(さすがに、これをめくって確認しようとは思わないわ……)

死者には申し訳ないが、近づきたいものでもないので、簡易燭台を掴んで距離をとる。

これで、火はあるのに人がいない理由もわかった。彼か彼女かわからないが、住人は死亡していたのだ。

(だけど、どうやって？ 人の体って、こんなにすぐに乾くものなの？)

横目で確認するそれは、どう見ても乾燥しきっており、いわゆるミイラと呼ばれる状態だ。

だが、蠟に火が残るほどの日数で、人の体がここまでの状態になるとは思えない。あまり考えたくはないが、普通ならばまだ腐っている最中だろう。

もしかしたら、大昔に死んだ人間なのかもしれないが、その割にはローブの部分が劣化していない。専門家ではないので、ユフィがわからないだけかもしれないが。

(なんにしても、死体がある場所に長居はしたくないわ!)

死体から距離をとりつつ、より周囲を警戒しながら蠟燭の火で照らしていく。

変わらず目ぼしいものはないが……ふと、その死体を中心として、何かが置かれているのが見えてきた。シルエットでは『何か』としか言いようがないものが。

「何これ……なんの塊?」

よくよく見ても、正体はさっぱりわからない。

もう少し近づいて見るが、強いて言えば虫や爬虫類の死体の寄せ集め、だろうか。不気味なそれはこんもりと山盛りにされて、一定間隔で床に置かれている。

……そう、死体を囲うように、四つ。

「四隅に、不気味な何か……」

ふいに、ユフィの背を冷たい汗が流れた。

それが何なのかは全くわからないが——ユフィはそれを見たことがある気がしたのだ。

ただただ不気味で、わけがわからなくて……カビの臭いがする、暗いところで。

「ッ⁉」

そう考えた瞬間に、カビの臭いを感じた気がした。この部屋は乾ききっていて、カビなんてどこにも生えていないのに。

「な、何……私、どうして……」

肌が粟立つ。怖くて、思い出したくない。

……なのに、手がゆっくりと床面に光を当ててしまう。

「――あ」

死体を中心とした床面に、大きな円形の図案が描かれていた。

どこの国の言葉なのかわからない文字と、気持ち悪い模様がびっしりと書き込まれたそれは、ユフィの灯り（あか）を反射してテラテラと怪しく光る。

（これ、見たことが、ある）

ユフィの記憶の奥深くに刻まれた光景が、蘇ってくる。

鉄鍋のような妙な形の明かりに照らされた、カビ臭い暗い部屋の中。大きなテーブルの四隅には不気味な物が山積みにされていて、その一面にこの気持ちの悪い模様が描かれていた。

そして、そのテーブルの上で……ユフィは刺されたのだ。

抵抗する間もなく、呆気（あっけ）なく刺されて――〝贄〟として捧げられた。

「痛くて、熱くて……寒くて」

感覚を思い出す度に手足が震えて、まっすぐに立っていられなくなる。

多分あの時、ユフィは一度死んでしまったのだ。だが、ネイトが来てくれたから、今のユフィは生きている。

「でも今、ここに兄さんはいない――」

ユフィが喧嘩をしてしまったから、ネイトはユフィがここにいることさえ知らない。

ずっと傍にいて守ってくれた彼を、ユフィ自身が遠ざけてしまったから。

「グルル……」

「しまった！」

まるで、ユフィが弱るのを待ちわびていたかのように、低い唸り声が耳に届く。

ハッとして声のほうを見れば、いつの間にか崩れた床から魔物が入ってきてしまっている。それも一体や二体ではなく、差し込む光が見えなくなるほど大量に。

どの個体も、鋭い牙の覗く口から涎を垂らしながら。

ぺたぺた、と。人間が素足で歩くような音を立てて距離を詰めてくる。

(私は、またこれの上で殺されるの……？)

奇しくもユフィが立っている場所は、不気味な図案の上だ。

――これではまるで、十年前のやり直しではないか。

殺し損ねた生贄を、悪魔が奪いに来たとでもいうのか？

「嫌、だな……死にたくないな」

後ずさろうにも、怪我をした足は上手く動かない。これでは、もし外に出られたとしても、走って逃げることは叶わないだろう。

いや、そもそも唯一の出入口と思しき穴は、魔物でびっしりと埋まっている。

（ここまで、なの……？）

体じゅうから力が抜けて、ぺたりと座り込んでしまう。

十年前に助けてくれてからずっと、ネイトは『良い兄』として守り続けてきてくれた。

優しくて、強くて、誰よりもユフィを大事にしてくれるネイトが傍にいてくれたなら、こんなことにはならなかった。

「……だって、仕方ないじゃない」

気がついたら、ユフィの目からは涙がこぼれていた。

「兄さんじゃ駄目なんだもの……兄さんじゃ、傍にいちゃ駄目なんだもの」

魔物たちがまた距離を詰めてくる。……まるで、誕生日ケーキを囲む子どものように、はしゃいだ気配だ。

こんな小娘一人食べたところで、腹など膨れないだろうに。

「兄さん……」

間近に迫る死に、目を閉じる。

「私は、兄さんが――男の人として好きなの」

いつからそうだったのかはわからない。もしかしたら、ずっとそうだったのかもしれない。

結ばれない兄妹の関係では、もう耐えられなかった。

だから婚活に励みたかったのに、ネイトから離れようとしたのに、ネイト本人に邪魔をされて、それも台無しだ。

その結果がこんな死に方なら、結ばれなくても伝えてしまえばよかった。

「兄さん……ずっと、好きよ」

頬を流れた涙が、一滴ぽたりと床に落ちる。

その音が合図だったかのように、耳をつんざくような咆哮が響き渡った。

──さよなら、お父様、お母様。不肖の娘でごめんなさい。

ずっと傍にいてくれたモリー、ありがとう。

兄さん……ネイト・セルウィン。どうか、幸せに。

「ユフィ」

最期に、大好きな彼の声が聞こえた気がした。


「……フィ、おいユフィ……起きてくれ」

──これは、死ぬ直前の幻聴なのだろうか。

ネイトが、ユフィを呼ぶ声が聞こえる。

「ユフィ？　何故だ、そんなに怪我をしているのか？　まだ足りないか？」

「……っ⁉」

応えようとした瞬間に、唇に触れる柔らかな感触。

温かいどころか熱いそれは、角度をゆるやかに変えながら何度も触れてくる。

(あれ……これ、もしかしなくても、キスされてる？)

ぞくぞくする感覚に、恐る恐る目を開くと……近すぎる位置に彼の長いまつ毛が見えた。

「んんっ⁉」

ネイトだ。間違いなくネイトが、今目の前にいる。

ふっ、と彼のまぶたが開いて、宝石のような紫眼にユフィの顔が映り込む。

「あっ、ユフィ！　よかった、無事か⁉」

「ど、どうして兄さんが？　えっ？　ええっ⁉」

「ユフィこそ、どうしてこんなところにいるんだ……心臓が止まるかと思った」

ため息と共に抱き寄せられて、彼の腕の中に閉じ込められる。

いつもより高い体温と汗の匂い、そして速すぎる鼓動の音が聞こえる。ネイトが、本当に急いで駆けつけてくれたことが伝わってくる。

「でも、一体どうやって……？」

「ああ、さすがにこの不完全な召喚陣を通るのはキツかったが、馬を走らせてたら間に合わなかったからな。ユフィの涙を媒介にして、無理やり開いた」

「召喚陣……？」

抱き締められたまま視線だけ下へ向けると、あの不気味な模様が光り輝いていた。まるで、命を吹き込まれたかのように、キラキラと。

「こ、この不気味な模様を、使った……の？」

「これは、悪魔を召ぶための召喚陣だ。ユフィも見たことがあるだろう？」

「悪魔、召喚……」

言うが早いか、バサッという小気味よい音と共にユフィの視界いっぱいに黒い羽が広がる。

カラスのように真っ黒で、しかし絹のような美しい光沢を持った大きな翼が、ネイトの背中から生えている。

（ああ、そうだわ……この羽を、十年前にも見たのよ）

「なんだ？　久しぶりに見せたから、驚いたか？」

「ええ、少しだけ」

ネイトの腕の下から手を伸ばせば、さらりとした心地よい手触りが伝わってくる。

見た目は真っ黒で恐ろしいが、美しく、優しい羽だ。

「こんなに、きれいな羽だったのね」

「気に入ってくれたなら嬉しいな。……間に合って、本当によかった」

ぎゅっと彼の腕に力がこもって、ますます強く抱き締められる。

温かさが心地よい。ユフィは、ちゃんと生きている。

「兄さん、ありがとう……怖かった……！」

安心したら、堰を切ったかのように涙が再び溢れた。ぼろぼろとこぼれ落ちて、ネイトの白い制服を濡らしていく。

「もう大丈夫だ」

「ん……本当に、死んじゃうかと、思った……」

「俺がいるのに、ユフィを死なせるわけがないだろう？」

「……兄さん、いなかったから……私が、距離をおきたいって、言っちゃったから……」

制服の硬い布をすがるように握り締めれば、ポンポンと優しい手が髪を撫でてくれる。

「ユフィがどこにいたって、必ず迎えに行く。だから、泣かないでくれ」

「うん……うんっ！」

泣かないでと言われても、涙が後から後からこぼれてしまう。

本当に彼は、こんな隠された場所にまで迎えに来てくれた。それが嬉しくてたまらない。

「参ったな、そんなに怖かったのか。それとも、どこかまだ痛いか？　ユフィ、顔をこっちに」

「ん、なに……んんっ⁉」

言われるままに顔を上げたら――また唇を塞がれてしまった。

行動が予想外すぎて、頭の中は一気に真っ白だ。

（えっ⁉　な、なんで今キスするの⁉）

そういう流れだったたか、と考えようとするものの、触れ合う感触に意識を全部持っていかれて、全く何も考えられない。

「……ユフィ、口開けて」

「にい、さ……」

かすかな水音と共に熱い吐息が交ざって、頭がおかしくなりそうだ。

怖くて逃げ出したいのに、体はしっかり抱き締められていて身動きもとれないし、そもそも力が全く入らない。

(体が、溶けてしまいそう……)

時間としては一分も経っていないはずなのに、唇を解放された時にはすっかりくたくただった。

一体、ネイトはなんのつもりでこんな触れ方をしてくるのか。

「大丈夫か？　もう痛いところはないか？」

「痛くは、ないけど……力、入らない……」

「よかった。俺、治療はあまり得意じゃないからな」

「……治療？」

言われてみれば、あちこち傷だらけだった体がすっかりきれいになっている。軽いすり傷などはともかく、打ち身などは治るのに時間がかかるはずだ。

「これも、兄さんがやったの？」

「ああ。唇から魔力を流し込んで治療した。十年前にもやっただろう？」

「十年……はあっ⁉」

突然とんでもない爆弾発言が落ちて、とろとろしていた頭も一気に覚める。

ネイトと出会った時のことなら、ユフィはまだ六歳児だ。そんな子どもに、今のユフィでも困惑するようなことをしたというのか。

「し、信じられない！　幼児に手を出すなんて、兄さんは変態なの⁉」

「そう言われても、治療しないとユフィは死んでしまうところだったからな。それに、外側から治すよりも、内側に魔力を送ったほうがきれいに治るんだよ。ユフィの肌に、傷なんて絶対に残したくない」

「それは、ありがたいけどっ！」

確かに、十年前に刺されたはずのユフィの肌には、爪の先ほども傷が残っていない。刺されたこと自体が夢だったのでは、と思うほどきれいに治っていたのだ。残念ながら、傷はなくともあの恐怖をユフィ自身が覚えているが。

（だからって、あんなやらしいことを幼児にする⁉）

唇に触れればつい先ほどの感触が蘇って、顔から火が出そうになる。

両親が昔してくれたような、軽い挨拶のキスではない。

先ほどのあれは、もっと深い……多分、恋人同士のキスだ。

「なんで、あんなやり方……」

「ん？　もっとするか？」

「しない！」

「ははっ、ユフィは可愛いなぁ」

からかうように言われると、ついムッとしてしまう。

ユフィはこんなに動揺しているのに、ネイトにとってはただの治療であり、何も感じていないのかもしれない。

その差に、胸がひどく痛む。

「……助けてくれて、ありがとう兄さん。だけど、普通兄妹ではああいうことはしないの。もうしないでね」

どきどきした気持ちが悲しみに変わって、拗ねたような声が出てしまう。

彼に抱き締められているのも辛くて離れようとするが、残念ながら力が強くてびくともしない。

「兄さん、もう大丈夫だから離して？」

「……兄妹じゃなければ、いいんだろう？」

「は？」

言うや否や、ぐっと顎を持ち上げられて、強制的に視線がネイトと絡む。

いつも通りに美しい宝石のような瞳。けれど、いつもよりもずっと真剣な色が見える。

「俺が兄ではなく、ただのお前の好きな男なら、してもいいんだろう？」

「で、でも……兄さんは兄さんじゃない。ネイト・セルウィンじゃない」

「〝お前がそう望んだ〟から、俺は兄だっただけだ。今のユフィがただの男であることを望むなら、俺はそれでいい。俺の心は、肩書きが何であれ変わらない。――お前が全てだ」

「……ッ⁉」

ぞっとするほど艶っぽい声が、恐ろしく魅力的な言葉を囁く。

そんなことを言われてしまったら、ネイトを好きだという気持ちが止まらなくなってしまう。

兄妹だから、結ばれないからと感情を押し殺してきたのに。そんな言い方をされるなんて、予想外にもほどがある。

「……ずるい」

「ずるくない。距離をおきたいなんて言われて、俺がどれほど悲しかったと思っている。ずっとお前が全てだと言っているのに、信じてなかったのか？」

「信じてないわけじゃないけど……むしろ、過保護すぎて困ってたし」

ネイトの言葉はいつでも甘くて、だからこそ葛藤したのだ。『兄』にときめいてはいけないと。

なのに、肩書きがなんでもいいなんて言われてしまうと、本当に困る。

「ユフィ、もう一回キスしよう」

「し、しない‼　私はもう怪我なんてしてないから……」

「治療じゃなくて、俺がしたい」

きれいすぎる顔が、また近づいてくる。

「や……待って」

もともとほとんどなかった距離がゼロになろうとして、ユフィはぎゅっと目を閉じる。

嬉しいような困るような感情がぐるぐるして――しかしその瞬間、かすかな唸り声が耳に飛び込んできた。

「そうよ、魔物！」

甘い空気はあっと言う間になくなり、ユフィはネイトの胸にしがみついた。

そうだ、すっかり幸せな空気に流されてしまっていたが、ネイトが来てくれなければユフィは死ぬところだったのだ。悍ましい姿の魔物の群れに迫られて。

「……って、あら？」

ユフィが周囲を見れば、静まり返るそこに魔物の姿は一体もない。

……いや、違う。よく見れば、辺り一面に黒い物体が転がっている。

「あの、兄さん……魔物は？」

「お前を襲おうとしていたヤツらなら、召喚陣を通った時に粗方倒したぞ。まだ多少、息があるやつがいるみたいだけどな」

「あの数を、兄さんが一人で倒したの⁉」

さらりと答えたネイトが信じられなくて、再び周囲を見回す。

間違いない。ユフィとネイトの周囲に転がっている物体は、全部魔物だ。それも、十や二十できく数ではないのに、ほとんどがこと切れている。

「兄さんが強いとは聞いていたけど、ここまでだなんて……」

「いくらヒトとして暮らしていても、あんななり損ないに遅れをとるほど落ちぶれてはいない」

素直に賞賛の眼差しを向ければ、ネイトは得意げに鼻を鳴らした後、そっと触れるだけのキスをユフィの額に落とした。

「な、何？」

「昏へのキスは、また後でな。残りの魔物を倒して、ユフィを屋敷に連れて帰るのが先だった。お前の侍女もひどく心配していたぞ」

「モリー……」

誘拐された時の状況を思い出して、申し訳なさが募る。

ユフィが警戒もせずベリンダの馬車に乗ったりしたから、モリーに心配をさせてしまった。

「早く帰って謝らないと」

「謝罪はいらないが、安心させてやるといい。きっと父上も心配している」

「お父様は忙しくされていたし、気づいてないと思うけれど……」

「馬鹿言え、あの方は俺の次にユフィを愛している男だぞ」

自分の次に、なんて堂々と言えるネイトをすごいと思う反面、はっきりと『愛』と言われたことに胸が再び早鐘を打つ。

本当にこの男は、自分の発言の破壊力を知らないから困ってしまう。

「さて、じゃあ残りを殲滅するか。ユフィはしっかり掴まっていろよ？」

「私がいたら、邪魔じゃない？」

「この程度の魔物、片腕で充分だ」

言うが早いか、ふっと羽を消したネイトは代わりに右腕に長剣を構え、左腕一本でユフィの体を抱きかかえた。

「か、片腕で持てちゃうの⁉」

「ああ。首でも肩でもいいから、摑まれ」

腕に座る形のユフィは、言われるままに彼の首に手を回す。なるべく邪魔にならないようにしたいが、絶妙なバランスなので、しっかりくっついていないと落ちてしまいそうだ。

「――行くぞ」

そして、ユフィの位置を確認したネイトは、一気に走り出した。

(兄さん速い‼)

魔物が転がる足場の悪さをものともせず、まるで風のような速さで駆け抜けていく。

さらに障害が見えれば、右腕に銀色の軌跡だけが残る。動きが速すぎて、振るった刃そのものは目で追えないのだ。

「すごい……！」

淡々と、当たり前のように魔物を屠るネイトの前には、遮るものなど何もない。

どす黒い液体で彩られた道すらも、ネイトの白い制服を輝かせるための舞台装置のようだ。

「下はこれで最後だな」

やがて、数えるのも困惑するような死体の山を築いたネイトは、刃についた液体を思い切り振り払った。

動くものが他になくなった空間は、いっそ清々しいほどに黒く染まっているというのに、ネイトの制服は真っ白なまま、息すらも上がっていない。

「残りは上か。跳ぶぞ、ユフィ」

「う、うん」

てっきりまた羽を出して飛ぶのかと思いきや、ネイトはユフィが掴まったことを再度確認すると、死体を踏み台にして上へ向かって駆け出した。

(とぶって、飛ぶじゃなくて跳ぶ⁉)

まさかの行動に驚いたのも束の間、ダン、ダンと小気味よい足音を数度響かせた後、二人の体は見覚えのある森の地面へと到着していた。

およそ建物二階分の高さを移動したのに、かかった時間はわずか三秒。とんでもない身体能力だ。

「大丈夫か?」

「羽で飛ぶんじゃなかったのね……」

「なるべく力は使わないようにしている。今の俺は、あくまで騎士だからな」

ニッと明るく笑った彼の顔に、また胸がどきんと音を立てる。

なんだそれは。ただでさえ顔がいいのに、最高に格好いい生き方じゃないか。

「さて、あとは……六体か」

ユフィがときめいている間にも、ネイトはまた剣を構え直して魔物と対峙(たいじ)している。

……どちらかといえば、魔物のほうが怯えているようだ。

(きっと気のせいじゃないわね)

魔物は生き物ではないと言われているが、それでも〝自分よりも圧倒的に強いもの〟には、感じ

るものがあるのだろう。

現に、ネイトが放った一閃で、早速二体が倒されている。

いくら数が多くても、この魔物たちではネイトには到底敵わない。

「失せろ」

ザンッと鋭い音を響かせて、残っていた四体も皆地に伏した。

本当に、ネイトが一人いれば世界も制圧できそうに思えるほどの、凄まじい強さだ。

「兄さん、格好良すぎでしょ……」

「そうか？　ユフィにそう言ってもらえるなら、剣の腕を磨いた甲斐はあったな。見栄えの良い戦い方を研究してよかった」

「そこは普通に、『頑張った甲斐があった』で留めてよ」

見栄えの良い戦い方なんて、研究して身につくものなのか知らないが。少なくともネイトは、本人の容姿がまず最高に格好いいので、普通に戦っても様になりそうだ。

「しかしまあ、ずいぶんな数が湧いたな」

「そうね……」

ネイトの腕に寄り添いながら、残骸と化した魔物を眺める。体の大きさから考えても、一体でもそれなりに脅威となりうる個体だ。

「何故こんなにたくさん、ここに集まってきたのかしら」

「それはユフィを狙ってだな」

「……私？」

さも当たり前のように答えられて、目を瞬いてしまう。

こんな食べる部分も少ない小娘一人に、魔物が大挙して押し寄せるのか？

「前にも言ったけどな、ユフィの魂は本当にきれいで稀なんだよ。そしてユフィは、その美しさを十年保ったまま成長してくれた。悪魔や魔物にとっては極上のご馳走だ」

「そんなに!?」

「もちろん。いつもは俺が傍にいるから手を出せなかったのだろうが、今日は一人で森に来たから、周囲のヤツらが皆集まってきたんだ。まったく忌々しい」

吐き捨てるように言い放つネイトの目つきは、かなり剣呑だ。ユフィの足を支える左手にも、力がこもっている。

（そっか、私……こんなところでも兄さんに守られていたのね）

魔物に関してはよくわからないが、ネイトの様子を見る限り嘘ではなさそうだ。本当に色々な面で、ネイトはユフィを守り続けてくれたのだと実感する。

「兄さん……私」

「これに懲りたら、俺と距離をおきたいなんて言わないでくれ。俺のほうが、もう離れてやるつもりはないが」

「そ、それは……」

謝罪と感謝を伝えようと思ったのに、ふいに甘いことを言われるから、また心臓が大きく跳ねた。

本当に彼といると、どきどきさせられっぱなしだ。いつ心臓が口から飛び出てきてしまうか、気が気でない。

……兄に対して、それを嫌だと思えないのも困る。

「まあ、俺からも色々と説明したい話もあるし、今日はまず帰ろう。……っと」

ネイトが言いかけたところで、くるりと視線を反対側へと向けた。

ユフィも倣って見やると、何頭かの馬の姿と蹄の音が近づいてくる。

「ほら見ろ、もうネイトが全部終わらせてるじゃないか」

「遅いぞ、お前たち」

やがてこちらに駆け寄ってきたのは、ユフィも見覚えのあるグレイを含めた騎士団の者たちだった。

息を切らせ、思い思いの表情を浮かべながら、ネイトに挨拶の声をかけてくる。

「お前が『妹が誘拐された』だけ言い残して、勝手に動くからだろうが。この森の連中からも、魔物が急に湧いたって援軍要請が来るし、こっちもてんてこ舞いだよ」

「ユフィはこの通りだし、魔物については終わらせた。お前たちは、その建物と地下の部屋を調べてくれ」

「は？　終わらせた？　どういうことだ？」

訝しげに眉をひそめるグレイに、ネイトは顎をしゃくって『いいから行け』と無言の指示を出す。

……きっと彼らも驚くだろう。

地下室いっぱいの魔物の残骸は、ネイトが本当に一人で倒したのだから。

「実はな、ユフィのおかげで仕事が一つ片づきそうなんだ」

「え、私？」

急に自分に話題を振られて、ユフィは慌ててネイトに視線を戻す。

「ずっと俺たちが関わっていた一件があるんだが、証拠が足りなくてな。……ユフィがいたあの地下室こそが、決定打になる」

「あそこが？」

「おい、ネイト！　なんだこの大量の死骸!?」

話している間にも、案の定グレイから悲鳴のような声が聞こえてくる。他の騎士たちも同じように、困惑している様子だ。

「それが〝王太子殿下の婚約者〟ファルコナー侯爵令嬢を襲った魔物と、それらを召び出した悪魔崇拝者だ。死骸を片づけたら壁を掘ってみろ。間違いなく元凶に繋がってるぞ」

「……は？」

突然の発言に、今度こそ心臓が止まってしまうかと思った。

ネイトと良い仲だとばかり思っていたジュディスが、王太子殿下の婚約者？

それに、ユフィとも因縁浅からぬ……悪魔崇拝者の名前が出なかったか？

「だから、話したいことがあると言っただろう?」

言葉を失い呆然とするユフィに、ネイトはニヤリと口端を上げてみせる。

「え……ええ。私も、絶対に聞かなくちゃいけなくなったわ」

魔物の危険が去っても、まだまだ問題は続きそうだ。

6章　悪魔な兄が過保護でも困りません

ネイトが事後処理を騎士団に押しつけて、二人で屋敷へ戻ると、真っ先に飛び出してきたのは泣き腫らした顔の侍女だった。

「お嬢様!!」

「うわあっ!?　モリー落ち着いて！」

駆け寄る彼女をとっさに受け止めるが、ユフィよりもモリーのほうが身長があるので、押し負けてよろけてしまう。

（こ、転ぶ……危ない……）

なんとか気合いで踏み留まると、頭上からは嗚咽が涙と共に落ちてくる。しがみつく腕も震えており、よほどユフィを心配してくれていたのだろう。

「ごめんね、モリー。私は大丈夫よ」

「よかった……本当に、よかった……お嬢様……」

ぽんぽんと背中を撫でてやれば、本格的に泣き出した彼女の声がエントランスに響く。

いつもはユフィが撫でられる側なので、ちょっと新鮮な気分だ。たまにはこういうのも悪くない。

「ユーフェミア！」

「お父様」

続けて呼ばれた声に視線だけを向ければ、応接室のほうから父伯爵を始め、皆がぞろぞろと集まってくる。

中にはイアンと……ユフィを森に置き去りにした張本人でもあるベリンダの姿も見えた。

「無事なのか？」

「はい、兄さんが助けに来てくれたので」

「父上、戻りました」

まだヨタヨタするユフィを支えるように、背後からネイトも顔を出す。

途端に父は、その場に膝から崩れ落ちた。

「お父様⁉」

「ああ、すまない……安心したら気が抜けてしまっただけだよ。本当によかった……よかった。ありがとう、ネイト」

今のユフィからはよく見えないが、父の声が震えている。彼もきっと、娘のことを心配してくれていたのだろう。

最近すれ違ってばかりの生活だったが、娘思いの父は何も変わっていなかったようだ。

「おいモリー、心配だったのはわかるが、そろそろ離れてやってくれ。色々と話さないとならないことがある」

「は、はい、ネイト様。申し訳ございませんお嬢様、とり乱しました……」

「いいのよ、ありがとうモリー」

ゆっくりと手を離せば、いつも通りのきれいな姿勢でモリーが一礼する。

指示された仕事以外は一切しない使用人もいる中、雇い主の娘にここまで情をかけてくれるのだから、むしろユフィが感謝したいところだ。

いや、まずは泣かせてしまった謝罪からか。ネイトとの話が終わったら、モリーともゆっくり時間をとりたいと思う。

「イアン」

「……はい」

モリーが下がると、入れ替わるようにネイトがユフィの肩に手を回してくる。

そして、向き合うのは幼馴染みと誘拐犯だ。

「…………」

イアンの目も心なしか涙に濡れており、その腕に引かれたベリンダも、目の周りが真っ赤だ。もしかしなくても、イアンに怒られたのだろうか。

「えっと……」

さて、どう話をしたものか。

被害者であるユフィは怒っていいのだろうが、いかんせん相手は友人だと思っている人物だ。

悲しく感じることはあれど、怒っているかと聞かれるとなんとも言えない。

（……不謹慎ながら、今は怒りよりも嬉しさのほうが強いのよね）

もちろん死ぬほど怖かったのは本当だし、魔物になんて二度と会いたいとも思わない。

だが、おかげでネイトの格好いい姿が見られて……キスまでしてしまったのだ。生きて帰ってこられた今、ユフィにとってはプラスの部分のほうが多い。

（多分、恐怖と興奮でちょっとおかしくなっているのよね）

普通なら彼女をなじったり謝罪を求めたりするのだろうが、今も肩を抱くネイトの手が嬉しくてドキドキしてしまっている。

今更『恋する乙女』になってしまうなんて、我ながら呆れたものだ。

「……ユフィ？」

「ご、ごめんなさい。上手く言葉が出てこなくて……」

黙ってしまったユフィに、向かいのイアンが不安そうに訊ねてくる。

もとはと言えば彼も原因の一端なのだから、婚約者を促(うなが)して欲しいものだ。

「…………事で、よかった……」

と思った矢先に、消えそうな声がエントランスに落ちた。

聞き返そうとベリンダを見れば、彼女は真っ赤な目元をますます腫らして、ぼろぼろと涙をこぼしている。

「えっ⁉　あ、あの……」

あなたが泣くのか、なんて無粋な質問は口の中で嚙み砕く。見ているほうが悲しくなるほど涙に濡れた瞳は、もう溶けてしまいそうだ。

「ベリンダ？」

恐る恐る名前を呼ぶと、ばさりという布の音が足元から聞こえてきた。

ベリンダが、しゃがみ込んだのだ——床に、額をつけた姿勢で。

「ちょっと、何してるの!?」

「……ごめんなさい」

すぐに彼女を起こそうとして、それをネイトの手に止められる。

額（ぬか）づいたままのベリンダからは、かすかな謝罪の声がぽつぽつと聞こえてきた。

「……本当に、ごめんなさい。信じられないだろうけど、こんなつもりじゃ、なかったの……。ユフィ……無事で、本当によかった……」

「それは、どういうこと？」

「ユフィ、オレから弁明させてもらってもいいか。信じるか信じないかは、任せる」

いきなりのことに困惑していると、イアンから申し出があったので、すぐに了承する。

——いわく、ベリンダはほんの少しだけ、ユフィを怖がらせたかったのだそうだ。

最近噂の森に、ちょっとだけ置いてこようとしただけで、彼女本人も少し離れたところで待っていたらしい。

ところが、突然魔物が発生したことで、ベリンダの馬車は騎士たちによって強制的に森の外へ出されてしまった。ユフィを捜しに行こうにも騎士たちに止められてしまうし、ユフィ自身も逃げながら森の奥へ進んでいってしまったため、助けに行くことすらできなかったのだそうだ。

唯一、最強の騎士であるネイト以外は。

「外ではそんなことになってたのね……」

イアンとユフィが話している間も、ベリンダはずっと頭を下げたままだ。

くぐもった声の「ごめんなさい」が時折聞きとれるが、それ以外はほとんど嗚咽になってしまっている。

……ベリンダも、別に悪人というわけではないのだ。

「ユフィ、どうする？」

話が一区切りついたところで、隣のネイトが問いかけてくる。

「どう、と言われても……」

「意図してやったわけではなくとも、ユフィは俺が間に合わなければ死ぬ状況にいた。その女がやったことは、殺人未遂には違いない」

「殺人って、兄さん大げさよ！」

さらりと出た物騒な言葉に、イアンの肩も震え上がる。

事実、ユフィは死にかけたわけだが、それは別にベリンダが仕組んだことではなかった。

彼女はユフィを森へ連れていっただけで、魔物が湧いた理由は別だ。……ネイトが言ったことが本当なら、魔物たちはユフィの魂を狙って森に現れたのだから。

「ベリンダ……」

イアンは困惑しつつも床に膝をつき、彼女に寄り添うようにしゃがみこんだ。続けて、ユフィに向けて彼も深く頭を下げる。

この様子では、ユフィがどんな判断を下しても、彼も受け入れるつもりだろう。

（伯爵家の跡取りとしては、だいぶ駄目な判断だけどね）

けれど、彼と幼い頃から付き合ってきたユフィとしては、貴族らしさよりも個人の愛を重視するイアンの行動は好ましい。

ユフィだって、法律上結ばれない兄を想っているのだ。好きな人を大事にしたい気持ちはよくわかる。

「ねえ兄さん。ベリンダは捕まってしまうの？」

「捕まえようと思えば、すぐにでもできるぞ。殺人の意思がなかったとしても、伯爵令嬢を誘拐したのは事実だしな」

「じゃあ……えっと、示談（じだん）？　にはできる？」

「示談？」

使ったことのない言葉に、ベリンダもようやく少しだけ頭を上げた。彼女はちゃんと意味を知っているらしい。

「今ならそれは可能だが、ユフィは意味をわかっていて言っているんだな？」

「表沙汰にせずに、話し合いで解決すること、よね？　私が誘拐されたことは、まだ兄さんの同僚しか知らないのでしょう？」

「多分な。事件として要請する前に、俺が連れ帰ったから」

ぐっと肩を引き寄せられて、ネイトの体温をますます感じてしまう。

以前の自分なら『鬱陶しい』というポーズがとれたが、今は素直にときめいてしまうので、軽率にくっつかないで欲しいものだ。

「と、とにかく、私は示談でいいわ。謝ってもらったし、殺す気はなかったみたいだし」

「……それは駄目よ、ユフィ。わたしは、あんな化け物のところに、あなたを……！」

いい、と言っているのに、真っ先に反対の声を上げたのはベリンダ本人だ。

顔も声も震えており、怯えた目つきでユフィを見つめている。

(そうか、ベリンダも魔物を見ちゃったのね)

獣と人が交じったような悍ましい化け物の姿は、すぐにでも思い出せる。

ユフィはあれらがバタバタと倒される様を見たのでいくらかマシだが、魔物だけを見たなら恐ろしい体験だろう。夢に出そうだ。

「確かにベリンダは私を森に置いていったけど、魔物を呼んだのはあなたじゃないでしょう？」

「当たり前じゃない！　あ、あんな、悍ましいもの……魔物があれほど恐ろしいものだと知っていたら、森になんて近づかなかったわ……」

「ベリンダ」

ガタガタと震える細い体を、イアンがそっと抱き締める。

今回のことは、彼女にとって相当なトラウマになっているようだ。

（ちょっと怖がらせるだけのつもりが、化け物が出た上に殺人未遂になっちゃうんだものね。下手をしたら、ベリンダのほうが傷は深いかも）

もっとも、ユフィがこう思えるのはネイトがいてくれるからで、彼がいなければこんな悠長なことはまず考えられない。

だが、そもそも十年前にネイトに救われていなければ、今のユフィは存在しないのだ。もしもの話を考えても仕方ない。

「……兄さん、私のことを話してもいい？」

少しだけ視線を上げれば、彼の紫眼と絡み合う。……ちょっとだけ不機嫌に見えるのは、気のせいではないだろう。

「ユフィがいいなら」

一秒だけ見つめ合ってから、ネイトはゆっくりと頷いてくれた。

続けて、状況を見守っている父にも、ユフィは微笑みを浮かべて視線を送っておく。とりあえず任せて欲しい、と。

「実はね、ベリンダ。今回私のところに魔物が集まってきたのは、私自身の体質みたいなのよ」

「……は？　ど、どういうこと？」

「私は、魔物に狙われやすい体質……魂？　らしいわ。あの森に魔物が湧いたこと自体には関係ないけど、私が襲われたのはこの体質のせいみたい」

ユフィとしても若干信じがたいことだが、多分本当なのだ。

ユフィが魔物に襲われたことは、ベリンダのせいではないということだけ、彼女に伝わってくれればそれでいい。

「そんなこと、信じろって言われても……」

「このめちゃくちゃ強いお兄様が過保護すぎたのは、そのせいだって言っても？」

「……あ」

ちょい、とネイトの制服をつまんで見せれば、その場にいた誰もがなんとも言えない顔でネイトを見た。

ネイトの過保護ぶりが度を越していることは、ユフィ以外の者も感じていたはずだ。

だが、そこには理由があり『魔物に狙われやすいユフィを守るため』だったとしたら、とても納得できるのである。

「それで、ヒマさえあればべったりしていたのね。距離感がおかしいのも、必ずどこかに触れていたのも、イチャついていたんじゃなくユフィを守っていたってこと……？」

「そうなのよ。あそこまで過保護にしないと危ないぐらいに、私は狙われやすいみたいなの」

「いや、俺がユフィから離れたくないだけだが」

「兄さん少し黙ってて」

せっかくベリンダが信じようとしているのだから、余計な情報は入れるべきではない。

……まあ、そう言われて嬉しくないかと聞かれれば、今のユフィはもちろん嬉しいけれど。

「だからね、私がベリンダに罪を問うのなら、私を連れ去った部分だけなのよ。でもそれも、もとはと言えば、イアンが一人で訪ねてくるから嫉妬しちゃったんだしね」

「それは……ただ、友達が心配だったんだよ。すまなかった」

「ともだち……」

「ユフィは俺の『友達』だよ。昔から変わらない、ただの友達だ」

ずっと沈んでいたベリンダの目に、ようやく光が点った。

やはり、イアンがユフィのことを好いていたという話は、ベリンダの思い違いだったのだ。ハッキリと『友達』と口にしたことに、ほっと安堵の息をこぼしている。

この二人も相思相愛のくせに大概面倒くさいものだ。独り身のユフィを巻き込まないで欲しい。

「私は怒っていないし、表沙汰にするつもりもないわ。ひとまずこれで、今日のところは終わりじゃ駄目かしら？　エントランスでするような話でもないでしょう？」

ユフィが結論を伝えれば、皆ハッとした様子で周囲を見回した。

セルウィン伯爵家の使用人はちゃんと教育されてはいるが、さすがに今回はことがことなので、皆柱や壁の陰でずっと聞き耳を立てている。

こんな場所で爵位を賜る貴族の大事な話をするのは、だいぶ問題だ。

「……わかった。また改めて、謝罪の機会をもらえると助かる」

「ええ、近い内に席を設けましょう。ベリンダの顔がひどいことになっちゃう前に、連れていってあげて」

イアンを促せば、彼は深く頭を下げた後に、座り込むベリンダの体を支えながら立たせた。

「ユフィ……ありがとう……本当に、ごめんなさい……」

「いいのよ。またね、二人とも」

ひらりと手を振れば、二人は何度も頭を下げながら屋敷を出ていった。

外にはベリンダの馬車の他、イアンの家の馬車もあったので大丈夫だろう。二人の今後に関しては、とりあえずは二人と両家の意向に任せたい。

(これでイアンたちのほうはいったん終わり、と)

深く息を吐き出せば、ネイトの手が優しく髪を梳いてくれる。

片手は肩を抱いたまま、もう片方の手は髪に触れて……これでは、護衛と言い張るには苦しい立ち位置だ。先ほどの話も、一応嘘ではないので許してもらいたい。

「兄さんは、ベリンダを捕まえたほうがよかった？」

「いや、ユフィがそれでいいなら、口を挟むつもりはない」

「そう……彼女もまだ友達だと、思っていたいのよね」

目を閉じると、ネイトの手がとても心地よい。

正直な話、ユフィが友人と呼べるような存在は、イアンたち二人ぐらいしかいないのだ。

今後、ユフィとネイトがどうなるにしろ、せっかく築いた友情を壊したくないというのが、今回の判断の一番の理由でもある。

(私がどうなるかは、まだわからないもの。ちゃんと話を聞かないとね)

目を開いて視線を上げれば、ネイトがふわりと微笑んでくれる。

「……次は兄さんの話よ」

そう、肝心な話はこちらだ。

ベリンダの件は、ある意味もう助かったのだから、後で話し合いでもなんとかなる。

けれど、ジュディスに関わる一連のことは、ユフィの今後にも関わる大事なことかもしれない。

きっとそのせいで、父も兄もユフィをほったらかしにしたのだろうから。

「わかった。応接室が使えるなら、そのままそこで話そうか」

「ええ。お父様、同席していただけますよね？」

「ああ、もちろんだよ」

いつの間にか立ち上がり、ユフィたちのすぐ傍まで来ていた父に、ネイトが軽く頭を下げる。

その父を先頭に応接室へ入れば、すでにテーブルには茶菓子と新しい茶器が用意されていた。聞き耳を立てていた使用人たちが、急いで準備をしてくれたのだろう。

（……うん？）

ユフィと向かい合う形で席についた父に対して、ネイトは肩を抱いたまま、ユフィの隣に腰を下ろした。大人が三人は座れるソファなので狭くはないが、座る位置が謎だ。

「兄さんは、こっち側なの？」

「駄目なのか？」

「いや、別にいいけど……」

ネイトがユフィに説明をするのなら逆だと思うのだが、どうにもネイトはユフィの傍にくっついていたいようだ。父も苦笑を浮かべるばかりで指摘をするつもりもないらしい。

まあ、話ができるのならばどちらでも同じか。

「――さて、じゃあまず、ユフィに言えなかった真相からだな」

姿勢を整えると、ネイトが早速口を開いた。

張り詰めていく空気の中、ネイトはユフィを見て優しく口角を上げる。

「ファルコナー侯爵家のご息女であるジュディス嬢は、王太子殿下の婚約者だ。これは、今から十年前に決まったことだ」

「十年も前に……？」

何かと縁のあるその年数に、ユフィは目を瞬くことしかできない。

現王家には三人の王子がいるが、その誰一人として婚約者を発表していなかったのだ。

「家同士の権力争いとか、表に出せない事情が色々あって、公表ができなかったんだよ。彼女本人も言っていたが、一部の者たちからの嫌がらせがひどくて外出を控えざるをえなかったのも、そのせいだな。本当にずっと命を狙われていた」

「…………」

ずっと、とは十年ずっとということだろうか。

今回一度だけでも充分すぎると感じたユフィには、想像もつかない世界だ。

「これって、もう私が聞いてもいい話なの？」

「ああ。ようやく彼女を狙っていた連中をどうにかできた。明日の議会で主要貴族たちに先に発表をして、その後は……十日後だったか？　王城で夜会の予定があるだろう」

「……ええ、あるわ」

最近は連日断りの返事ばかり書いていたので、ユフィに届いた招待状はすぐに思い出せる。王家からの招待はさすがに断れないので、実はどうしようか悩んでいたのだ。

「そこで正式に発表をして、その後も結婚式までの予定が細かく組んであるな」

「へえ……なんだか大変そうね」

「大変だった、だな。だから、巷でどう言われているかは知らないが、俺が彼女とどうこうなることはまずありえないぞ。そもそも、あれは俺の趣味じゃない」

（絶世の美女をあれ扱い⁉）

じきに王太子妃となる女性になんたる不敬、と注意するべきなのに、その言葉をユフィに向けて言うものだから声には出せなかった。

美しいジュディスを趣味じゃないと言い切るのに、凡庸なユフィとはキスをしたのだから。

「うう……兄さん、ずるい」

「ずるくないずるくない。まあ、今回の件については、ユフィにはもっと早く伝えてもよかったと思うがな。何せ、ユフィは関係ない貴族の騒動に巻き込まれた被害者だ」

「私が？」

ふっと、急にネイトの顔が真剣なものに変わって、ユフィもつい身構えてしまう。

……十年前。この年数には当然引っかかったが、まさか関係しているのか。

「兄さん……」

「多分お前が想像している通りだ。かつて、お前を誘拐した悪魔崇拝者は、ジュディス嬢を殺すために雇われていた者なんだよ」

……喉が、乾いた音を立てた。

とっさに父のほうへ顔を向ければ、彼もまた沈痛な面持ちで深く頷く。

「当時、ジュディス嬢は馬車で療養地へ向かっているところだった。ユフィも知っているだろうが、セルウィン伯爵領とハースト伯爵領の付近に、魔物の頻出地帯があったんだ。そこの近くを通るものだから、そのせいにして彼女を殺そうとしていた」

「魔物を使ってってこと？　それで、どうして悪魔崇拝者が……」

「今日、お前が見たアレだ。地下にあったのは、召喚儀式の跡だよ。連中の儀式で本物の悪魔が召び出されることはまずないが、あの召喚陣には確かに力がある。大抵の場合、なり損ないの下等な魔物が召喚されるんだ。それをジュディス嬢に向かわせるつもりだったんだろう」

……幼いユフィを生贄として捧げた儀式で。

口にはしなかったが、そう続くであろう彼の言葉に、背筋が寒くなった。

（私は、ジュディス様を殺すために生贄にされるところだったんだ）

なんとも奇妙な繋がりに、いっそ笑ってしまいそうだ。十年も経って、こんなところで繋がってくるなんて。

（だけど、私を生贄にした儀式では、魔物は召喚されなかった）

魔物を召ぶつもりが、本物の大当たりを引いたのだ。

当時、死にかけのユフィの耳はもう聞こえていなかったが、あの誘拐犯がはしゃいでいたのは、本物の登場に浮かれていたのだろう。

もっとも、召喚された本物は男の言うことは聞かず……むしろ、彼をボコボコにしたらしい。

そして、死ぬはずだった生贄のほうに寄り添い、今日までの十年傍にいてくれたというわけだ。

「結果は知っているけど、その話は兄さんが捕縛した男が話したの？」

「いや、ヤツは獄中で死んだよ。何も喋らずに死んだから、依頼人に辿りつくまでに十年もかかったんだ」

「うわあ……」

監視の厳しい獄中で死ぬなんて、かなり難しいだろう。囚人の自害防止のために、身体検査は徹底しているはずだ。

つまり、看守の中に依頼人と繋がっている者がいて、証拠隠滅のために殺された可能性が高い。

「悔しい話だけど、もう十年も前の話だ。それに、依頼人……ジュディス様を狙っていた真犯人たちの名前を知ったら、私もさすがに納得したからね」

「お父様、そんなに大変な相手だったの？」

「高位貴族が数家、結託していたんだよ。近い内にこの辺りも告知されるだろうから、まあ楽しみに待っていてくれ」

ため息をつきつつも、父の顔もどこか晴れやかだ。……かつて、一人娘が誘拐された事件の黒幕なら、怒るのも当然かもしれない。

しかし、伯爵である彼が高位貴族と呼ぶのだから、黒幕は侯爵以上と思われる。これは社交界も荒れそうだ。

「要するに、王太子妃の地位を巡った、とんでもなく面倒な権力争いだったわけだ。王位簒奪もありうる以上、俺も父上も協力せざるをえなくてな。ユフィには、寂しい思いをさせてすまなかった」

「そんなに大変なことに関わっていたなら、仕方ないわ。私のことは気にしないで」

「気にしないわけはないが、ありがとう」

ネイトの手が、当たり前のように撫でてくれる。肩を抱くぐらいは構わないが、さすがに首を撫でられるのは少しくすぐったい。

「……ネイト、一応父親の前なのだから、少しぐらいは慎しみを持とうか」

「あいにくと、そのようなものは持っておりません」

「そうか。まあ、今更かな」

さすがの父も注意をしてくるが、兄はどこ吹く風といった様子だ。ずっと重たい話をしているので、息抜きの一種とでも捉えるべきかもしれない。

「ああ、そうだ。これは父上にも報告を。ユフィが森に置き去りにされた先で、十年前と同様に悪魔崇拝者を使った魔物召喚を行っていたことが確定しました。証拠の儀式場も、騎士団に押さえさせています」

ふざけていたかと思いきや、また真面目な顔に戻ったネイトが、父に向かって報告の姿勢をとる。

そういえば、ユフィを助け出した時にもそのようなことを言っていた。

「それは、先ほどエントランスで話していたことかな？　怪我の功名とは言いたくないが……よく見つけてくれたな、ユフィ」

「実は私もよくわからないんですけど。兄さん、もしかしてあのミイラみたいになっていた人が、今回ジュディス様を狙った悪魔崇拝者なの？」

「……死体を見たのか。ああ、そうだ。ミイラ化していたなら、生贄が足りなかったんだな」

つい口にしてしまった単語に、二人が痛ましいものを見るような目を向けてくる。

確かに衝撃的な体験ではあったが、それなら魔物の姿のほうがよほど恐ろしかったし、かつて刺された経験のあるユフィとしては、悪魔崇拝者に情けをかけるつもりもない。

「えっと、本人は死んじゃってたけど、証拠として成り立つの？」

「あの『場』がしっかり残っていたからな。現場でも言ったが、繋がりがあるところまでは掴めたんだが、無駄な権力に邪魔をされて決定打が見つからなかったんだ。あれだけ確かな証拠が見つかれば、連中の家をとり潰すぐらいは容易い」

「そ、そこまで……」

ユフィとしては大失敗だと思った逃亡先が、まさかの結果をもたらしたというわけだ。

まあ、普通はあんな場所に地下室があるとは思わないだろうし、上の建物を踏み抜いて落ちる人間がいるとも思わないだろう。

「あの森に急に魔物が湧いたのも、召喚儀式のせいだったのね」

「そうだ。犯人逮捕を優先する指示が出ていたのと、街に影響の出ない分はわざと泳がせていたんだ。それもいらなくなったから、今日殲滅した。もう森に魔物は出ないぞ」

「さらっとそれを言う兄さんが一番怖いけどね」

何にしても、王都付近の森に魔物が出るという脅威は、無事に去ったということだ。

巻き込まれただけのユフィとネイトが決め手になったのなら、王太子たちも感謝をしてくれてもよさそうだ。

「十年経ったから大丈夫だろうと同じ手を使って、十年前と同じように俺たちに阻止され、破滅するとはな。因果とは面白いものだ」

「二度も巻き込まれた私は笑えないのだけど……」

「だが、そのおかげで俺はユフィと出会えたし、今日も一歩前進できたわけだ。それに、今回は俺にも利があったから、王太子殿下に協力をしたのだしな」

「兄さんに？」

ふと気づけば、肩に回されていた手がユフィの手を握っていた。それも、両手でしっかりと。

「あの……？」

「他人のゴタゴタ話はここまで。ここからは、俺とユフィの話だ」

ふわりと微笑んだ彼に、心臓が大きく跳ねる。

そういえば、以前ファルコナー侯爵がこの屋敷に来た時、ネイトは不思議なことを言っていた。

――自分にも、下心がある、と。

「兄さんは、ジュディス様と結ばれるために頑張っていたわけじゃないのよね？」

「彼女が婚約していることは知っていたからな。用があったのは、娘ではなくファルコナー侯爵のほうだ」

意外な返答に、ユフィは首を傾げる。

権力にはあまり興味を示さず……そもそも人間ではないネイトが、侯爵に頼むようなこととはなんだろうか。

「……ごめんなさい。思いつかないのだけど、聞いちゃってもいい？」

「俺はしばらくの間、ネイト・ファルコナーになることになった」

「——は？」

あっさりと答えられた内容が予想外すぎて、頭が真っ白になってしまった。

ジュディスと結ばれるわけでもないのに、ファルコナー侯爵家に入るとは、どういうことだ。

「えーと……ジュディス様に妹さんがいて、そちらに婿入りするってこと？」

「あの家に他にいるのは、跡継ぎの弟だけだぞ。妹はいない」

「じゃあ、単純にうちを出て……侯爵家の養子になるってこと？」

「そうなるな」

淡々と続く応答に、ユフィの体から血の気が引いていく。

……それはつまり、ネイトがこの家を出たいと思っていたということなのか。

「え……な、なんで兄さん？　うちが出ていきたいぐらい嫌だったの⁉　お父様ともお母様とも……私とも、ずっと一緒に暮らしてきたのに！」

「嫌なわけないだろう。だが、一度離れなければユフィの傍にいられないから、仕方なくだ」

「仕方なくで養子に行っちゃうの⁉」

震えながら訊ねるユフィに、ネイトはどこか誇らしげに頷くばかりだ。

傍にいたいと言いながら他家の養子になるなど、意味がわからなさすぎる。

「お、お父様！」

もう頭がパンクしそうなユフィは、すがるように父にも意見を乞う。

勢いよく顔を向けた先では、父は呆れた様子で頭を抱えていた。

「ネイト、さすがにそれは説明不足がすぎるよ。順を追って話していかないと」

「では、補足をお願いします」

ネイトは何が問題だったのか気づいていないようだ。ユフィの手を掴む両手も、未だしっかりと繋がれたまま。

「はいはい。まずね、大前提として話しておくべきことがあるんだ、ユフィ」

「は、はい。何でしょう」

説明者が交代し、ユフィはぐっと身を乗り出す。

「ネイトはね、セルウィン家の籍に入っていないんだ」

「…………はい？」

そして、落とされた爆弾に、ユフィは完全に固まってしまった。

十年。決して短くはない年月を、兄として慕ってきた。

今も彼は、ネイト・セルウィンと名乗っている。ユフィの兄として。

「えっと……お父様？　兄さんは、うちの養子じゃ……ないの？」

「残念ながらね。書類上は〝他人〟だよ」

「嘘でしょうっ⁉」

思わず立ち上がろうとして……ネイトに手を掴まれたままだったので、うっかりバランスを崩してしまう。

それを当たり前のように受け止めた彼は、困ったように笑った。

「ユフィが兄さん兄さんって慕ってくれるのが嬉しくてな。訂正する機会がないまま十年だ」

「そ、そんな、どうして？　どういうこと⁉」

ネイトの腕に支えられたまま再度父を見れば、彼も困ったように肩をすくめてみせる。

「もちろん私は養子として迎えるつもりだったよ。十年前、彼にうちで暮らしてもらうと決めた時から、すぐに書類も全部手配したさ。けれど、当のネイトが絶対に受け入れなくてね」

ふふっ、と最後のほうはほとんど笑い声になりながら、父はネイトに手を差し出した。

お前の番だ、とでも言うように。

「兄さん、どうして養子にならなかったの？　そのほうが、絶対に都合がいいのに」

「何故って、養子になったらユフィと結婚できないじゃないか」


――この男は、一日に何回ユフィの心臓を止めれば気が済むのだろう。

当たり前のように伝えられた言葉に、向かいの父は噴き出している。

兄と呼ばせながら。父、母と慕いながらも、籍に入らなかった理由が……ユフィなのか。

「お前もよく言っていただろう。法律上、兄と妹は結婚できない。それは、血の繋がらない養子であっても同じだ」

「そ、そうよ？　だから私と兄さんは、そういう関係にはなれないって……」

「俺もその法律は知っていた。だから、十年前から手を打って、今日まで〝義父(ちち)上〟に認めてもらえるように尽くしてきた。居候というよりは、婿修業期間か？」

「いいや。エントランスでの話が本当なら、ネイトはユフィの最高の護衛役だね」

くつくつと本当に楽しそうに笑う父は、ネイトの思惑を十年前から知っていたということだ。

……彼にとっては息子ではなく、ずっと〝娘婿〟だったと。

「お、お父様……？」

「今までずっと黙っていてすまなかったね。けれど、今回の働きの報酬として、ネイトは立派な侯爵家の養子になってから、うちに婿入りしてくれることになったんだ。やっとユフィにも伝えられたよ。私がユフィの縁談を探さなかったのは……いや、正確には全部断ってたんだけど。婚約者候補の筆頭がネイトだったたからだよ」

「ことわって、た？」

「うん。うちの娘は可愛いから、いっぱい来たよ。でも、全員ネイト以下だったたからね」

——ああ、ああ。

ユフィの、ここしばらくの婚活の苦労は、一体なんだったのだろうか。

早くなんとかしなければと、ネイトのことを忘れなければと、一人必死に動き回って失敗を重ねていたというのに。

（裏ではぜーんぶお膳立てされてて、私はそれを受けとればいいだけの状態だったなんて）

「……私、馬鹿みたいじゃない」

体じゅうから力が抜けて、ぽすんとネイトにもたれかかってしまう。

年頃の子女の結婚相手を父親が探さないのも、夜会に行く度に兄が出会いを邪魔してくるのも……。

普通じゃない行動には、ちゃんと全部、意味があったのだ。

「いや、わからないでしょ‼　ねえ、私、怒っていい？」

「本当にすまなかったね、ユーフェミア。うちに見合う養子先が見つかるまでは、言わないでくれってネイトに口止めされていてね」

「それを父上が守ってくれたのも、俺としては意外なんだが。ファルコナー侯爵家なら、現状最高の家だ。ささっと養子になって、兄ではなく婿として戻ってくるからな」

「…………」

さも当たり前のように話す二人に、だんだんと怒りが募ってくる。

婚活が失敗続きで、ユフィがどれほど悩んだと思っているのか。自分には魅力がないのかと、どれほど落ち込んだと思っているのか。

考えれば考えるほど、涙が出てくる。……人を馬鹿にするのも大概にして欲しい。

「……兄さんなんか、嫌い」

「嘘だな」

「これから、嫌いになる。結婚なんてしない」

「…………」

頭上で、深いため息の音が聞こえる。

続けて、ゆったりとした足音と、扉が閉まる音——どうやら、父が部屋を出ていったらしい。

まさか、気を利かせたつもりなのだろうか。

「……ユフィ、こっち向け」

「嫌」

「じゃあ、強引に向かせる」

足音が聞こえなくなるや否や、ぐっと強い力をかけられて、ユフィの視界が回転する。

「なに……っ⁉」

慌てて対応しようとした時には、ぼすんと鈍い音と共に後頭部に柔らかな感触。

一瞬だけ見えた景色が天井だったので、ソファに自分が押し倒されたということだけはかろうじてわかったのだが――あとはもう、言葉にはならなかった。

「んんんっ⁉」

唇を塞がれてしまったら、抵抗のしようがない。しかも、隣に座っていたはずのネイトが、今はのしかかるように上にいるのだ。どう逃げろというのか。

吐息の熱さに思考は全部かき乱されて、心地よさで力が抜けてしまう。

切ないような、もどかしいような感覚が全身を走って、どうしたらいいのかわからない。

「……出会ったあの日から、俺が一番傍にいたんだ」

やっと唇が解放されたと思えば、低くかすれた囁きが耳に落ちた。

「ユフィを狙う魔物は根絶やしにしたし、ユフィに近づく悪い虫も全部退けてきた。俺がずっと、一番だった。一番、お前に相応しいように、努めてきたんだ」

ゆっくりと顔が離れて、視線が絡み合う。

褐色の中で輝く紫眼が、まるで肉食獣のように鋭く細められる。

「やっと手に入る。……今更、逃げられるなんて思うな」

食われる、と錯覚するような強い視線。

恐怖のあまり、動けなくなってしまいそうなのに――。

「……だったら、どうして泣きそうな顔をしているの？」

ネイトから感じるのは、殺意ではなく〝懇願〟なのだから、本当に困る。下がった眉は眉間に皺を刻み、怖いことを口にする濡れた唇は、ふるふると震えているのだ。

……こんなの、強く出られるわけがないじゃないか。

「……泣きたくもなるぞ。ずっと、それだけを目標に頑張ってきたのに。なんだ嫌いになるって。本当に泣くぞ、くそっ」

「人を押し倒した体勢で泣かれても、私も困るわ」

「うるさい。ああ、もういい……我慢しない、キスする。それ以上もしてやる」

「それ以上は駄目！」

一応口では制止しておくが、直後にはすぐ口づけが始まってしまったので、聞こえていたかどうかはわからない。

（色々言うくせに、触り方が全部優しいんだもの。本当に、ずるいわ）

押し倒されはしたものの、ちゃんと痛くないクッション部分に倒してくれたし、今もユフィに触れる部分は柔らかくて心地いいぐらいだ。

本当に、いつでも妹のことばかり考えている、過保護すぎる兄。

嫌いになど、なれるわけがない。愛しくてたまらない。

「ユフィ……」

名前を呼ばれる度に、体が溶けてしまいそうだ。

まったく、養子にもならずにユフィを想ってくれたのなら、何故『兄』なんて紛らわしい態度でユフィに接し続けたのだろうか。

「……そうよ、おかしいわよね。どうして『兄さん』だったの？　養子じゃないなら、最初からこういう関係を望んでくれればよかったじゃない」

「何を言ってる。お前が俺にそう願ったんじゃないか」

「願った？　私が？」

ネイトは少しムッとした様子で、ユフィを見下ろす。

ユフィには、さっぱり思い出せない話だ。


「俺に〝きれいなおにいちゃん〟と。そう願ったのはユフィだ」


あの時と同じぐらいの姿のネイトに言われて、心の奥底の記憶がゆっくりと戻ってくる。

死にかけたユフィの視界に、ふらりと現れた美しい男性。

六歳のユフィからしたら彼は『お兄ちゃん』であり、最期の最後に見えたそれに……感想をこぼしたような覚えが、なくもない。

「俺は悪魔だ。契約の際に告げられた願いは、必ず守る」

「待って兄さん。多分それ――願いじゃなくてただの感想」

「………………は？」

三度近づいてきた彼の端整な顔が、少々間抜けな表情を浮かべて、固まった。

「俺は、願いを言えと言ったはずだが」

「当時六歳の私は、あの時死にかけていたのよ。頭が回るわけがないじゃない」

「えええええ……」

艶やかな美形として有名なネイトが、人様には見せられないような表情で立ち尽くしている。いや、体勢的に立ってはいないのだが。

「と言うか、兄さん『きれいなおにいちゃん』って具体的には何？　そんな曖昧な願いでも、叶えてくれるものなの？」

「……俺もすごく頑張った。容姿の『綺麗さ』と『清潔』という意味でのきれいさ。あとは、皆への態度や行動などの『清廉さ』なんかも気を遣った」

「悪魔すごい」

「契約は絶対だからな」

そうして出来上がったのが、皆が憧れる理想の騎士のネイトだったということか。

悪魔なのに白い制服が似合う彼は、幼いユフィのたった一言を叶えるために十年ずっと頑張ってくれたのだと。

（なんて。なんて、いじらしい人）

今でも充分すぎるのに、これ以上好きにさせてどうしたいのだ。

「……まあ、もういいか。願いじゃなかったとしても、兄さん兄さんって俺の後ろをついてくるユフィは、最高に可愛かったからな。赤の他人じゃ、あのヒヨコっぷりは見られなかった」

「ヒヨコ……」

「子猫でも子犬でもいいぞ？　こんな得体の知れない男に絆されるなんて、可愛くて仕方ない」

「私をそうするために頑張ったって言ったばかりじゃない」

「それはそうだけどな」

するりと彼の顔が近づいて、ユフィの額に触れるだけのキスを落とす。髪にもまぶたにも、慈(いつく)しむように優しく。

「俺は最初に正体を明かした上で、お前に近づいたんだ。外堀を埋めることに尽力はしたが、まさかユフィ本人が俺を慕ってくれるとは思わなかった」

楽しそうな吐息が触れて、くすぐったいやら恥ずかしいやら。

思わなかったなんて言われても、どうしようもない。気がついた時には、もうネイトが好きだったのだ。

過保護に守られ、婚活を邪魔され、最近は憎らしいと思うこともままあったが、決して嫌いにはなれなかった。心の底では彼がずっと好きだった。

「恋って、するものじゃなくて、落ちるものなのね……いつ落ちたのかわからないし、いつから這い上がれなくなっていたのかも謎だけど」

「それは嬉しいな」

唇同士を触れる直前まで近づけてから、ネイトはそれを止めて、ゆっくりと体を起こす。

続けて、倒れていたユフィの手を引いて起こすと、ソファの上で向かい合った。

「妹のユフィは最高に可愛かったけど、願いじゃないなら変えても構わないか？　ここまで来たら、さすがに兄よりも欲しい立場がある」

まるで、先ほどの会話をやり直すように、ネイトの両手がユフィの手を包み込んだ。

「俺はきっと今でもいい男だろうが、ヒトの貴族としての地位も手に入れて、お前が心置きなく幸せになれるように努めるつもりだ」

もちろんしょっちゅう帰ってくるが、と注釈をつけ加えて、ネイトは微笑む。

「待っていてくれるな？　『兄』じゃない俺を」

微笑みながらも、ユフィに触れた手はかすかに震えている。

誰でも魅了できるような美しい容姿と、誰も敵わない強さを兼ね備えている悪魔のくせに。

（……ああ、もう。嫌いになんてなれないわ。絶対に無理）

視線を合わせれば、宝石のような紫眼が、不安そうに揺れる。

彼には到底敵わないし、ユフィはジュディスなどとは比べ物にならないほど凡庸だが……できる限りきれいに見えるように、口角を上げて笑みを作った。

「待っています、ネイト」

「あ」

彼の目がこれほどまん丸になったのは、十年暮らしてきて初めてかもしれない。

兄さんではない呼び方をするだけで勇気がいるとは思わなかったが、呼ぶのはもちろん、呼ばれた彼の驚きっぷりも、なんだか新鮮だ。

「ユフィ……ごめん、ちょっと……」

返事を受けたネイトは、喜んでくれるかと思いきや――ふらりと左右に揺れてから、ユフィの肩に顔を突っ伏した。

「えっ⁉ やだ、大丈夫⁉」

支えようにも手を摑まれたままなので、頬を当てて確かめるぐらいしかできない。

突然どうしてしまったのかと思えば……彼の触れた肩が、びっくりするほど熱くなってきた。

「熱っ！ 兄さん、大丈夫？」

「これは、ちょっと……『きれいなおにいちゃん』には戻れなさそうだ……」

やがて、ぽつりと落ちたネイトの呟きの、なんと愛らしいことか。

「悪魔って、可愛いのね」

「ほっといてくれ。魂に一目惚れしてから、本人にも惚れて、こじらせてこじらせて大変なんだ。だが、言質(げんち)はとったからな。逃げないでくれよ、俺のユフィ」

「逃げるわけないでしょう。最高の相手が迎えに来てくれるんだから」

……悪魔で過保護な兄は、兄ではなくなっても色々と大変そうだ。

それでも、これからはきっと困らない。

いや、困りはするだろうが、それ以上に幸せだろうから。

「ネイト。これからも、過保護によろしく」

「任せろ。悪魔はしつこくて、執着するものなんだ。死んでも離さない」

本日何度目か数えるのを忘れた口づけに、ユフィは目を閉じて身を任せる。

——甘くて重い彼の愛に応える生活は、始まったばかりだ。

終章　二人のハッピーエンド

豪奢なシャンデリアが、夜の暗さを忘れてしまうほどに眩く輝く。

管弦楽の調べに合わせて舞い踊る少女たちは、まるで色鮮やかな蝶のように可憐だ。

どこまでも華やかに、どこまでも優雅に。この『夜会』という場所は、何度来ても昼とは別世界だ。しかも、今夜はいつも以上に素晴らしいと、ユフィは感嘆の息をこぼす。

「あっ、見て！　王太子殿下がいらっしゃったわ！」

煌びやかな会場をゆったりと眺めるユフィのすぐ近くで、少女たちが黄色い声を上げてはしゃぎだす。

その視線を辿ってみれば、会場でも一段高くなったステージのような場所に、ちょうど件の男性が姿を現したところだった。

肩口で結わえられた銀に近いプラチナブロンドの髪が、会場の明かりを反射してキラキラと輝く。その下で柔らかく細められた瞳は海のような深い青色で、装いもその目の色に合わせたのか、落ち着いた青の上着に白いマントを羽織っている。

ただ立っているだけなのに威厳の漂うその姿は、まさしく物語の『王子様』そのものだ。

ユフィも、〝最愛の彼〟を知らなければ、きっと王太子に見惚れてため息をこぼした一人だっただろう。

「あら……あの方は！」

うっとりしていた少女たちの様子が、はっと驚きに変わっていく。

壇上の王太子の隣に、そっと一人の女性が並び立ったのだ。王族の立つ場に並ぶなど、親族でなければ一つしか理由はない。

「皆、今宵はよく集まってくれた。今日の場を用意させてもらったのは他でもない。私の、大切な女性を皆に紹介するためだ」

王太子の大きな手が、隣の女性の華奢な手を掴む。

途端にさらりと揺れた長い髪は、毛先までしっかりと手入れがされた、絹のようなブロンドだ。

いつかに見たものよりも、刺繍も装飾もさらに豪華になったマーメイドラインのドレスは、王太子の瞳の色と同じ、海を思わせる青と藍色のグラデーションを描いている。

白磁のような美しい肌に、完璧な配置がされた芸術品の如き美貌。特に印象的な、長いまつ毛に縁取られた瞳の色は琥珀だ。

彼女は、誰もが知る……ユフィもよく知る、淑女の中の淑女と呼ばれる女性だ。

しかし今夜は、その白い頬を薔薇色に染めて、恋する乙女の姿で隣の男性を見つめていた。

「私はこちらの女性、ジュディス・ファルコナーと婚姻の誓いを立てた。次に迎える私の時代は、彼女と共にこの国を守っていきたいと思う」

王太子のはっきりとした宣言に、騒がしかった会場がシンと静まり返る。

……しかし一秒後には、割れんばかりの拍手と歓声がワッと響き渡った。

夜をはね飛ばしてしまいそうなほどの大きな声と音に、王太子もジュディスも思わず目をきょとんとさせて驚いてしまっている。

だが、それが自分たちを祝福する声なのだと気づくと、幸せそうに寄り添って共に手を振って応えた。

その姿はまるで、子どもが読む絵本の『めでたしめでたし』のシーンそのものだ。

素晴らしいとしか言えない光景に、ユフィも胸が熱くなる。この国はきっと、次代も安心して暮らしていけるだろう。

（……まあ、どっちかって言ったら、兄さんのほうがお似合いなのは仕方ないけどね）

感動のシーンに不似合いな感想がよぎって、ユフィは小さく頭を振る。

王太子には悪いが、これればかりは仕方のないことだ。彼は本当に素敵な王子様なのだが、ユフィはもっと格好良くて素敵な男性を知っているのだから。

（色合い的にもね……どうしても、この国の男性は色素が薄いから、似た感じになっちゃうのよ。そう考えると、対照色をまとう兄さんは最高だったわ……）

「……何を考えているんだ、ユフィ？」

なんて、妄想にふけっていたユフィを止めるように、低い男性の声が耳元で囁く。

「きゃっ⁉」

慌ててそちらに顔を向ければ、視界に飛び込んでくるのは、まさに今考えていたその人だ。

芸術品のような完璧な美貌を持ち、他にはいない褐色の肌と黒い髪の異国風の美丈夫。

「まさか、王子サマに見惚れていたのか？」

どこか意地悪な言い方で訊ねる声はぞくぞくするほど色っぽくて、ユフィは思わず一歩後ずさろうとするが……腰にたくましい腕が回されているので離れようがない。

とっさに見返した宝石のような紫眼は、ユフィだけを映して幸せそうに笑っていた。

「み、見惚れてたのは確かだけど、王太子殿下じゃないわよ」

「そうか？」

「ええ。二人がとてもお似合いで、物語の挿絵みたいだったから」

「ああ……確かに、そんな光景だな」

壇上の様子をちらりと窺った彼は、再びユフィに向き直って穏やかに微笑む。

十年も見続けてきた笑顔のはずなのに、少し関係が変わっただけで心臓がうるさくて仕方ない。

彼が笑いかけてくれることが嬉しくて恥ずかしくて、顔から今にも火が出そうだ。

（本っ当に格好いいんだから、もう……）

しかも、社交辞令ではないこの笑みは、ユフィだけに見せてくれる特別な顔なのだ。

そう思うとますます嬉しくて、つい口がにやけてしまいそうになる。

（ジュディス様と兄さんはとてもお似合いだと本気で思うけど……この人はあげられないから、駄目なの。ごめんなさい）

自分の妄想に謝罪するなんておかしいとわかっているが、これはある種の決意だ。

たとえ、ユフィよりもっと彼に似合う人が現れても、もう身を引こうだなんて思わないという、自分自身に対する決意。

「……ネイト」

名前を口にすれば、彼の頬がかすかに赤くなる。ささやかなやりとりが温かくて愛しくて、心から幸せだと思える。

ほんの少し前までは、ネイトからなんとか逃げようとしていたのに不思議なものだ。

(それにしても、兄さんは何を着ても似合うわね)

少し視線を下げると、今日はいつもとは違い黒い色が目に入ってくる。

今夜は特別な夜会ということもあり、ネイトも騎士制服ではなく、ちゃんと貴族らしい礼服を着て参加しているのだ。

銀糸で刺繍が施された黒地の上着に、ふんわりとした二枚重ねのクラヴァット。

堅いデザインの騎士制服はネイトにとてもよく似合っていたが、こういう華やかな装いも彼のキリッとした美貌によく合っている。

「ん？　どうした、ユフィ」

「なんでもない。……今度はあなたに見惚れてただけよ。そういう服もよく似合うなと思って」

首を傾げるネイトに、思っていたことを素直に伝える。

少し前のユフィなら嫌味のようになってしまった言葉だが、今は心のまま正直に伝えられるので、とても心地いい。

もっとも、ネイトは嫌味で言っても喜んでいたのだが、言う側の気持ちの問題だ。

「礼服を着るのは久しぶりだったが、ユフィが喜んでくれるなら嬉しいな。ユフィも、今夜のドレスはとてもよく似合う。いつも以上に可愛いぞ」

少し照れくさそうに笑いながら、ネイトの空いているほうの手が、ユフィの肩にかかる髪をそっと撫でて流す。

今夜のユフィのドレスは淡い藤色のもので、控えめな胸を目立たせないよう上半身はシンプルに、スカートの部分はドレープが花の形を再現している上に、腰から流れる布端全てに花びらが舞っている華やかなものだ。

頭にも同じ色の花飾りをあしらい、ピンクが交じった色も相まって、ユフィの髪も花のように可憐に巻いてある。

特別な夜会に相応しい、敏腕侍女モリーの力作である。

（本当は、もう少し濃い紫色の……兄さんの瞳の色のドレスを着たかったのだけど）

今のユフィには淡い色のほうが似合うということで、系統だけ同じ藤色のドレスにしている。

こういう時、何色でも着こなしてしまうジュディスが少しだけ羨ましくなるが、顔立ちなんて変わらないものを嘆いても仕方ない。

それなら、せめて表情は明るく、ユフィらしい装いで楽しみたいと思ったのだ。なんだかんだ慌ただしかったせいで、久しぶりの夜会でもあるのだから。

「兄さんにはまだ釣り合わないかもしれないけど、そう言ってくれると嬉しいわ。うちのモリーの腕は、本当に素晴らしいもの」

「侍女の腕はよくわからないが、俺のユフィは最高に可愛いぞ。今夜だって、まるでアザレアの妖精のようじゃないか。この手を離したら夜に攫われてしまいそうで、俺は気が気でない」

「よ、妖精は大げさだと思うけど……」

嬉しそうに褒めてくれるネイトの様子に、嘘や偽りは感じられない。最愛の彼が、本当にユフィを可愛いと思ってくれているのなら、それはとても幸せなことだ。

……ただし、周囲の評価が彼と同じとは限らない。

（ああ……視線が痛いなあ）

ネイトと話している間に、ジュディスたちは壇上から下りていたようだ。

王太子という注目の人物が人波に隠れてしまったことで、付近にいた女性たちの視線が、ネイトに集中し始めている。

久々の夜会だというのに、また隣に陣取っている妹分を睨む視線と一緒に。

（私はもうただの妹じゃないんだけど、それを言っても無駄よね）

嫉妬、侮蔑（ぶべつ）、苛立ち……声には出さずとも、彼女たちがまとう重たい空気からは『何故お前がそこにいるんだ』と聞こえてきそうだ。

（今夜はいつにも増して視線がきついわね）

今夜のネイトはいつもとは違う礼服姿のせいか、ユフィに向けられる視線も三割増しぐらいに鋭い。ちくちくと肌に刺さって、穴が空くような錯覚すらも覚える。

……だがこれは、ネイトの隣に立つのなら諦めるしかないものだ。

ユフィがどうあがいたところで、ネイトと同等の絶世の美貌にはなれないのだし、いわゆる有名税みたいなものだろう。

幸いにも、婚活全敗期間中にも嫌というほど体験させてもらっている。立場が婚約者へ変わったとしても、耐えてみせる。それでネイトと共にいられるのなら。

——そう、覚悟を決めた直後だ。

「ユフィ」

「なに、兄さ……えっ⁉」

ネイトは腰に回していた手にぐっと力を込めると、あの地下室から抜け出した時のように、片腕だけでユフィの体を抱き上げてしまった。

「ちょ、ちょっと兄さん⁉」

「兄さん、じゃないぞユフィ」

慌てて彼の体にしがみついてバランスをとれば、ネイトはもう片方の腕も添えて、余計にしっかりとユフィの体を抱き寄せる。

突然の出来事に、ネイトをじっと見ていた女性たちはもちろん、近くにいた全ての参加者たちから視線が集まってきてしまう。

「——誤解をしている者が多いようだから、改めて言っておこう」

会場はにわかにざわめき始めているのに、ネイトの声はスッと響いて広がっていく。

「俺のほうがユフィに……ユーフェミア・セルウィンにずっと惚れていて、ずっと付きまとっていたんだ。そして、十年かけてようやく口説き落とした。俺はもうユフィの兄じゃないし、ユフィも俺の妹じゃない。彼女こそが、俺の最愛の女性だ」

ハッキリと、なんの躊躇いもない彼の凜々しい声が続く。

間近にいる女性たちは、呆気にとられたように口を開けてしまっている。

「俺はユフィを誰にも渡すつもりはないし、誰にも傷つけさせない。ユフィに何か言いたいことがあるのなら、まずは俺を通してくれるか？」

そして、そんな女性たちに向けて、ニヤリと不敵な笑みを突きつける。

理想の騎士と言われていたネイトからは想像もできないような……言うなれば〝悪魔らしい〟非常に好戦的な笑い方だ。

まあ、そんな顔も最高に格好いいので、きっとまたファンが増えてしまうのだろうけど。

（本当に……本当に、もう！）

驚愕のあまり言葉を失う人々とは逆に、ユフィの心には喜びが満ちていく。

嬉しくないわけがない。大好きな人が、こんなに多くの人がいる場所で自分への想いを宣言してくれたのだ。

数多（あまた）の有力貴族が集まり、決して撤回の利かない場所で、ユフィを最愛の女性だと言ってくれた。

彼の想いを疑ったわけではないが、こんな風に堂々と言ってくれるなんて思ってもみなかった。

これこそ本当に、恋愛小説の幸福なエンディングそのものだ。

「兄さん……」

「こら。兄さんじゃないって言ってるだろう」

「……ん、ネイト」

我慢できずに一筋だけこぼれてしまった涙を、彼の大きな手のひらが優しく拭ってくれる。

ネイトは、戸惑う人々に微塵も動じてはいない。

むしろ、当然のことを言ったと誇らしげに笑ってくれている。

(散々振り回されたけど、やっぱり私はあなたを好きでいてよかった)

これからも振り回されてしまいそうな予感はあるが、それでもきっと、ネイトがユフィを愛していてくれるなら幸せに違いない。

そんな喜びに浸っていると、ふいに人だかりの向こうからパチパチと大きな拍手が聞こえてきた。

固まっていた人々もハッと我に返り、その音の出所を振り返って……すぐさま体をどけるように動き出した。

あっと言う間に出来上がった道を歩いてやってきたのは、つい先ほどまで壇上にいたはずの白金の男性——そう、王太子だった。

(王太子殿下がどうしてここにっ⁉)

関わりなどあるはずもない雲の上の人物の登場に、ユフィの肩が震え上がる。

もしや、先ほどのネイトの宣言のせいで夜会をざわつかせてしまったから、そのお叱りに来たのだろうか。

ユフィも他の皆と同様に端に避けて道を作りたいのだが、残念ながら今はネイトに抱き上げられた状態で全く自由に動けない。

そしてネイトは、王太子が近づいてきているというのに、跪くでもなく平然と立ったままだ。

「いやあ、まだ何も動いていないというのに、派手にやっているなネイト」

「ご覧の通り、俺のユフィは本っ当に可愛いので。虫避けはしっかりやっておかないと」

王太子も王太子でネイトを咎めるでもなく、ある程度距離を詰めると仲の良い友人のような気軽な態度で話しかけてきた。

未だやまぬ拍手の音も、ずっと彼の両手から響いている。

「大いに結構、虫避けは大事だからな！　私も信頼できる部下がいてくれてよかったよ。おかげでこうして無事に、ジュディスと婚約することができた」

パンッとひときわ大きな音で拍手を締めた王太子は、ゆったりと体をずらして隣にいた女性を自分の前へと進み出させる。

もちろんそれは、先ほど紹介されたばかりの未来の王太子妃、ジュディスだ。

近くで見ると今夜も眩しいほどに美しい彼女だが、その表情には年相応の少女らしさが浮かんでいる。……恋する十八歳の乙女の表情が。

「俺は殿下の部下ではありませんが、お役に立てたなら光栄です」

「つれないな、ネイト。私の近衛になってくれたら、大出世だぞ？」

「結構です。ユフィとの時間が削られるような出世なら、俺は騎士を辞めますよ」

王太子に対して不敬としか言いようがないネイトの態度に、ユフィの背中を冷や汗が伝う。いくら悪魔でも、ユフィと婚約をするのなら人間の世界のルールは守って欲しいのだが……。

だが王太子は、またもネイトを咎めることなく、楽しそうに声を上げて笑った。

「ははっ、そうだろうな！　だからこそ、私も無理強いはしないさ。だが、今夜は祝いの場だ。共に踊ってくれても構わないだろう？」

続けて腕をまっすぐに伸ばした彼は、会場の奥の空いたスペースを示す。すっかり開けた人波の奥にあるそこは、ダンスをするための場所だ。

こういう場において一番最初に踊るのは、その日の特別な人物だ。今夜で言うなら当然、婚約発表をした王太子とジュディスが該当する……のだが。

「待って、今一緒に踊ってっておっしゃらなかった……？」

「それぐらいなら。さあユフィ、行こう」

「行かないわよ⁉　何言ってるの兄さん！」

まさかまさかの誘いに、あろうことかネイトはあっさりと頷いて、王太子と共に歩き出してしまう。もちろんユフィは逃げ出したいのだが、未だ抱き上げられたままなので逃げようがない。

「兄さん無理よ！　そんな恐れ多いこと、私ができるわけないじゃない！」

「また兄さんって言ってるぞ、ユフィ。大丈夫だ、俺はジュディス嬢と親類という扱いになるし、ユフィに文句を言いそうな輩(やから)には、先ほど釘(くぎ)を刺したからな」

「そうじゃなくて私が無理なの！」

とにかく全力であがくユフィを、すぐ近くのジュディスが微笑みながら見ている。

確かに想いを表明してくれたばかりではあるが、最強騎士ネイトとこの国の王太子、さらに絶世の美女が踊る場にユフィが加わるのは、いくらなんでも場違いというものだ。

「大丈夫だ、ユフィ」

やがて辿りついてしまったダンスホールに、カツンと靴の音が響く。これは、ネイトがユフィを地面に下ろした音だ。

しかし、その腕は全くゆるんでおらず、抱き締めるような近さでユフィの手を踊るために引き寄せる。

「何が大丈夫なのよ……」

「俺は、お前の願いは必ず叶える悪魔だからな。……さあ、お前の物語を始めよう」

ふわりと、蕩けるような笑みを浮かべたネイトに、また目を奪われてしまう。

その隙をつくかのように、楽団から優雅な音楽が流れ始めた。

「……煌びやかな夜会の会場と、着飾った人々」

反応が一拍遅れてしまったユフィをものともせず、ネイトは完璧なリードでユフィの手を引いていく。

ふわふわと踊る裾の向こうに、会場の華やかな景色が見えた。

「一流の楽団の音楽に合わせて踊るダンス」

くるり。なんの負担も感じないほどの軽さで、ユフィの体はいつの間にかターンを決めている。

ネイトの背中の向こうでは、白金と黄金が幸せそうに寄り添っている。

「そして、主人公をリードする格好いい騎士。ほら、ユフィが好きな恋愛小説そのものだろう？」

「……ッ！」

先ほどからネイトは何を言っているのかと思ったら、笑い交じりの最後の一言でようやく合点がいった。笑いといっても嘲るようなものではない。溶けてしまいそうなほど熱く、甘い、愛しさを込めた笑みだ。

「……よく知ってるわね」

「当たり前だ、俺を誰だと思っている。なんなら、ユフィが好きな作家も順に挙げられるぞ」

好みを知り尽くされていることを恥ずかしく思いつつも、それをユフィのために調べてくれたのだと思うと、怒るような気は失せてしまう。

……その上、あの夢のような世界を、現実に再現してくれようとするなんて。

「悪魔って本当に真面目なのね」

「きれいなおにいちゃんでは、もういられなくなりそうだからな。だったら、他の願いを叶えてやるまでだ。悪魔は一途で、しつこくて、惚れた女は絶対に逃がさないんだよ」

「困ったヒーローね」

場違いで恐れ多い場所にいるはずなのに、とうとうユフィの顔にも笑みが浮かんでしまう。

ああ、まったく。現実は小説よりも奇なりとはよく言ったものだ。

「これなら、過保護な兄さんのほうが楽だったかもしれないわ」

「……戻らないぞ？」

「戻らないでよ、素敵な騎士様。私に幸せなエンディングを迎えさせて」

穏やかなリズムに合わせて、そっと触れるだけのキスを交わす。

途端に、会場じゅうから祝福するような歓声が上がった。

こんな公の場でキスなんてしてしまって、これから色々と大変なことになるだろう。

ただそれでも、婚活をしていた時のような灰色の日々は来ない。

ユフィのもとにやってくるのは、きっと小説よりもはるかに慌ただしくて、幸せな明日だ。

あとがき

フェアリーキスの読者様、初めまして。この度は拙作をお手に取ってくださり、誠にありがとうございます！　香月航（かづきわたる）と申します。

いきなり書き下ろし作を刊行という大変ありがたいご縁をいただけまして、今回全力で趣味に走った「悪魔兄」をお届けできました。この場を借りて、担当編集様がたに心より御礼申し上げます。

さて、カバー裏でもこそっと語っておりますが、ネイトは推し要素全開ヒーローなので、たいへん楽しく執筆させていただきました。

褐色肌に黒髪のきつめ美形、かつ騎士でお兄ちゃんで一途な人外！　やりすぎじゃねって笑われてもおかしくないぐらいの全部盛りです。やったぜ。

そして、そんな彼から重い愛を受ける主人公ユフィ（無自覚ブラコン）。今回は戦えないヒロインですが、彼女もまたとても楽しく書かせていただきました。本当に、こんなお兄ちゃんがいたら、どうやって婚活したらいいのか……。

あとがきから読む方はいらっしゃらないとは思いますが、もしまだの方はぜひ、ユフィの苦労の日々をお楽しみくださいね。

そして、今作にて最っ高のイラストを描いてくださったＲＡＨＷＩＡ（ラフィア）先生。お忙しい

中、本当に素晴らしいお仕事をありがとうございます‼

実は憧れのイラストレーター様だったので、ご担当いただけることが決まった時、編集様と電話しながら床をごろんごろん転がってました。こんな古典漫画のようなことを人間やっちゃうんだなって、ニヤけながら思った記憶。

とにかく、今作は多くの皆様に支えられて読者様のお手元に届けられております。どうかほんの少しでも、お楽しみいただけたなら幸いです。

そしてもし、何か心に残るものがございましたら、ご意見・ご感想など大歓迎ですので、よろしくお願いいたしますね。

香月はインターネット上でも小説を公開しております。機会がありましたらそちらもお付き合いいただけますと嬉しいです。

基本的に、お砂糖たっぷりハッピーエンド主義ですので、拙作は甘いものが欲しい気分の時などにおすすめとなっております。

それでは、またどこかでお会いできることを願って！

香月航

フェアリーキス
NOW ON SALE
遊森謡子
Utako Yumori
Illustration
封宝
ダメ男と婚約破棄して
引きこもりしてたら、
森で王様拾いました
女公爵なんて
向いてない！
もふもふ男子の溺愛にこじらせ女も陥落!?
特例で女公爵になった途端、身分が下になった婚約者に婚約破棄を申し込まれたルナータ。キレた彼女は領地で引きこもり生活を送ることに。そんな中、森の小さな城で眠る麗しき青年を発見。目覚めた彼はなんと突然ルナータの唇を奪ってきて!?　実は百年前に魔法で眠らされた王だという彼の妙な距離の近さに戸惑いつつも、一緒に暮らすうちに頑なな彼女の心も和らぎ始め……。
フェアリーキス
ピュア
fairy kiss
Jパブリッシング
http://www.j-publishing.co.jp/fairykiss/
定価：本体 1200 円＋税

悪魔な兄が過保護で困ってます

著者　香月 航　

2020年9月5日　初版発行

発行人　神永泰宏

発行所　株式会社 J パブリッシング
〒102-0073　東京都千代田区九段北1-5-9 3F
TEL 03-4332-5141　FAX03-4332-5318

製版　サンシン企画

印刷所　中央精版印刷株式会社

ISBN:978-4-86669-302-6
Printed in JAPAN